LA BELLA E I BOSCAIOLI

LEE SAVINO

LA BELLA E I BOSCAIOLI

Dopo quest'ultima stagione di taglio del bosco, chiuderò con il sesso. Per... un certo numero di ragioni.

Ma prima di ciò, devo finire un lavoretto che mi fa guadagnare diecimila dollari più vitto e alloggio per 'intrattenere' 8 boscaioli. **Otto tipi forti e robusti alla Paul Bunyan, abbastanza grossi da spezzarmi in due.**

C'è Lincoln, il capo, il tipo severo e taciturno...

Jagger, praticamente il sosia di Kurt Cobain, con un animo musicale e le movenze da rockstar...

Elon e Oren, due gemelli rossi che condividono tutto...

Saint, il genio silenzioso con un mostro nei calzoni...

Roy e Tommy, che si accontentano di guardare...

E poi c'è Mason, che mi odia e non vuol dire perché, ma nelle notti che toccano a lui cerca di farmi morire di piacere.

Mi possiedono completamente: corpo, mente e orgasmi.

Ma quando scoprono il mio segreto - il motivo per cui mi nascondo al mondo -, tutto cambia.

SIERRA

*U*na brezza gelida penetra attraverso la felpa pungendomi la pelle e spazza via tutto facendo volare cartacce e rifiuti sul marciapiede. Abbasso la testa sotto il cappuccio e mi stringo lo zaino sul petto, per proteggermi dal vento. Persino l'estate è fredda qui, all'estremo nord.

Mentre cammino, edifici disabitati mi osservano con i loro occhi spenti. A metà di un parcheggio vuoto, mi sale la nausea. Mi precipito in un vicolo in preda a conati di vomito. Non ho niente nello stomaco ma ho comunque i crampi, i muscoli si stringono come un pugno attorno al nulla. Mi accascio contro il muro sporco.

Non adesso, per favore. Non ho certo bisogno che mi venga anche la nausea oltre a tutto il resto. Infilo la mano nello zaino tutto macchiato per cercare la bottiglietta dell'acqua e bevo qualche sorso di liquido tiepido. Non so se il sapore metallico sia dovuto al fatto che è acqua del rubinetto, alla bottiglia di plastica o a qualche malattia misteriosa che mi sono beccata come ciliegina sulla torta. Forse è soltanto la fame. È molto, molto tempo che non faccio un pasto decente.

Il ruggito di marmitte di motocicletta mi spinge a nascondermi in fondo al vicolo. *Mi hanno trovata.* Mi stampo contro il muro, con dell'immondizia sotto i piedi, e trattengo il respiro. Chiudo gli occhi come un bambino. *Se io non vedo il mostro, il mostro non troverà me.*

Il rumore delle marmitte svanisce, sostituito dal rombo e dai sibili di un camion. *Non sono loro.* Sono scappata molto a nord, lontano, nel bel mezzo del nulla. GliHell Riders setacceranno le principali città del loro territorio, spostandosi verso sud. A nessuno sano di mente verrebbe in mente di scappare a nord.

Mi tremano le mani, un po' per la debolezza e un po' per la paura.

Dopo essere rimasta appoggiata al muro per qualche minuto, mi decido a muovermi. Più avanti, dall'altra parte della strada, una grande insegna indica il 'Randy's Place.' Attraverso la strada, in una corsa a ostacoli tra pavimentazione rotta e pozzanghere semi-ghiacciate, sussultando quando il fango mi inzacchera le scarpe di tela. Non sono nelle condizioni migliori per andare a mendicare un lavoro. Ma non avrò comunque bisogno di queste scarpe per fare la spogliarellista.

Appena arrivata sul marciapiede passa un camion, abbastanza vicino da schizzarmi i jeans di acqua sporca. Giusto l'ultimo tocco,in una fuga segnata da una sfortuna di merda. Ho pensato che potrei affrontare il colloquio in mutande e reggiseno. Randyieri non sembrava troppo contento di vedermi: non so come faccio a essereconvinta che oggi sarà diverso. Forse per la disperazione e il delirio provocati dalla pancia vuota.

Spero solo che mi dia una possibilità, so di essere abbastanza carina. Con un po' di cibo in corpo, saprò ritrovare tutte le qualità femminili di cui ho bisogno per poter contrattare. Ma per comprare del cibo ho bisogno di contanti e per ottenere i contanti ho bisogno di una serata ballando al palo.

Se fossi furba, lascerei questa piccola città, dove la migliore possibilità di lavoro è data da un night frequentato da camionisti. Ma non ho abbastanza soldi per scapparmene lontano da qui e non posso rischiare di farmi vedere in qualche città limitrofa. Gli Hell Riders controllano questa parte del paese.

L'unica speranza che ho di potermi nascondere è proprio in questo buco di posto,fatto di fango e pavimentazione stradale rotta, così piccolo che tutto quello che c'è sono due distributori di benzina, un emporio che vende di tutto - dalle motoseghe alla biancheria intima -, uno squallido ristorante aperto 24 ore su 24 e il locale di Randy.

L'insegna al neon è spenta, ma la porta è spalancata. Mi fermo nel corridoio, mi passo la mano tra i capelli e cerco di non pensare all'ultima volta che ho fatto una doccia. Forse Randymi permetterà di darmi una rinfrescata in bagno, prima di piazzarmi a uno dei pali.

Prendo un bel respiro e attraverso l'ingresso buio. Sul palco è seduto un uomo, che fruga tra dei CD. È il proprietario dell'omonimo strip club, bruttissimo persino tra le ombre polverose del suo night. Grasso e quasi calvo, con dita tozze con le quali si sta grattando il collo facendo un rumore da carta vetrata.

Ma qui lui è il re, e lo sa perfettamente. Mi lancia un'occhiata facendo uno sbuffo disgustato mentre mi avvicino. Sento svanire le mie speranze, ma mi piazzo ugualmente davanti a lui.

"Voglio ballare."

"Pensavo di averti già detto di 'no'." Randytorna a scegliere i CD. "Non me ne faccio niente di una spogliarellista senza tette."

"Lascia che vada al palo per farti vedere quello che so

3

fare." Sto bluffando. "Non ho mai ballato nuda in vita mia." Ma ne so abbastanza di cosa piace in una donna ai ragazzi rudi. Crescere in un club di motociclisti è una buona scuola in questo senso.

"Te l'ho già detto. Non abbiamo bisogno di un'altra ballerina. Porta il tuo culo rinsecchito fuori di qui."

Vaffanculo. Me ne vado a grandi passi, facendo una deviazione verso il bagno all'ultimo secondo. Randynon mi ha nemmeno guardata in faccia.

Una volta in bagno mi lavo la faccia, mi guardo per bene e faccio una smorfia. Sono così pallida che la mia pelle è quasi traslucida. Ho delle occhiaie scure e infossate. Lo zaino, la mia unica proprietà, è sporchissimo, con schizzi di fango che nascondono le macchie molto peggiori che ci stanno sotto. A Randy basterebbe un'occhiata per capire che ho trascorso l'ultima notte rannicchiata nell'androne di un vicolo secondario, e che spero disperatamente di non doverlo rifare. Nel migliore dei casi ho un aspetto da far schifo, o forse di una in preda ai postumi di una sbornia.Mi tremano un po' le mani mentre mi faccio un trucco leggero. Aspetterò qui finché non mi sentirò più come una tossica, poi uscirò e insisterò perché il proprietario di questo locale elegante mi dia un'altra possibilità. Mi umilierò e farò la sexy. Farò tutto quello che c'è bisogno di fare, anche succhiare il cazzo aRandy.

Quando finalmente trovo il coraggio di uscire dal bagno, una voce profonda riempie il night. Scivolo fuori dal bagno rimanendo nell'ombra.

Randyil grassone haqualcun altro che gli sta chiedendo qualcosa.

"Lasciami almeno parlare." Un uomo grande e grosso sta allargando le mani. Le sue spalle larghe mi coprono la vista di Randy. Il nuovo arrivato è grosso, ma non perché è grasso. Dal modo in cui riempie i jeans e la camicia di flanella, si direbbe tutto muscoli.

"Nessuna delle mie ragazze lascerà questo posto per andare a far servizio da un branco di..."

"Paghiamo bene. Vitto e alloggio e diecimila dollari a fine stagione. Anche di più se farà un buon lavoro. I miei ragazzi potrebbero darle delle mance."

Abbraccio il muro, mentre le parole che ho appena sentito si irradiano dentro di me. *Vitto e alloggio e diecimila dollari.*

"Ah," grugnisce Randy. "Non ti permetterò di portarmi via le mie ragazze. Qui sono sistemate bene e lo sanno. L'estate è alta stagione. Nessuna di loro sarà disposta ad andare nel buco del culo del mondo a ballare per un branco di luridi boscaioli."

"Avevo solo pensato..."

"La risposta è 'neanche per il cazzo.' E adesso levati dai coglioni. Se sento che rimani in giro per parlarne alle mie ragazze, chiederò a Bernie di fare in modo che tu recepisca il messaggio. Bernie!" urla Randy, e un omaccione tatuato compare dall'oscurità densa di fumo e pianta i pugni sul bancone del bar, sporgendosi in avanti come un gorilla.

Randy sogghigna. "Bernie non parla molto, preferisce usare i pugni. Ci siamo capiti?"

Scuotendo la testa, il tipo grosso gira sui tacchi. Io mi rimpicciolisco nell'ombra e guardo i suoi stivali passarmi davanti.

Gli lancio una rapida occhiata in viso - barba nera e folta su una mascella serrata - prima che spinga la porta con la mano spalancandola. Mi ritrovo a seguirlo prima ancora di provare a trattenermi.

"Ehi, tu," grida Randy vedendomi. "Fuori di qui. Non ho bisogno di altre ballerine." Me ne vado prima che chiami il buttafuori per cacciare il mio 'culo rinsecchito.'

Mi affretto su per il marciapiede, inseguendo il tipo grosso. "Ehi!" gli urlo, ma mi esce soltanto un sussurro rauco.

Lui continua a camminare. Ha una bella falcata, lunga e sciolta. Jeans scoloriti, macchiati ma lavati di fresco. Stivali e una maglietta termica sotto una camicia di flanella a quadri. Ha l'aria di un boscaiolo, di un tipo di quelli robusti cresciuto qui in mezzo ai pini.

Fatti coraggio.

"Scusa." Mi avvicino abbastanza da toccargli il gomito. Si gira di colpo e mi guarda con uno sguardo bieco, con le nere sopracciglia aggrottate e un'espressione imbronciata sotto la barba. Cerco di non rabbrividire.

"Ehm... hai detto che stai cercando una ragazza per l'intrattenimento?"

I suoi occhi percorrono rapidamente la mia corporatura esile.

Alzo il mento e gonfio un po' il petto. "Io ci sto."

Si limita a guardarmi. Ha la mascella squadrata e dura sotto la barba nera e ispida.

"Lavori lì?" Fa un cenno con la testa verso l'insegna al neon del locale di Randy.

"Non ancora. Stavo per fare domanda, ma mi piace di più la tua offerta."

Distoglie lo sguardo per un attimo, e mi accorgo che sta cercando un modo per scaricarmi.

"Dove starei?" dico precedendolo.

"In un campo per il taglio degli alberi, circa cinquanta miglia a nord di qui."

"Non pensavo ci fosse niente più a nord di questa città," dico per cercare di scherzare.

"E infatti non c'è niente. Il campo è in un posto sperduto. Solo orsi, alberi e noi."

Perché, tu non sei un orso? Evito di fare la battuta. "E volete solo una ballerina? Nient'altro?" Si alza una folata di vento e mi sento rabbrividire. La sola idea di togliermi i vestiti di dosso mi fa venire freddo.

Mi guarda per un istante, con uno sguardo distante come se io fossi invisibile.

"Hai mangiato?" grugnisce.

"Che cosa?"

"Colazione." Indica con la testa un ristorante in fondo alla strada. "Offro io. Così ne parliamo."

* * *

LINCOLN

LA RAGAZZA ENTRA NEL SEPARÉ, visibilmente rilassata dal fatto di trovarsi al caldo. È pelle e ossa, con dei jeans stretti e una felpa del cazzo. Una felpa col cappuccio, con l'ondata di freddo che c'è. Si direbbe che abbia appena finito le superiori.

Quando l'ho vista con la coda dell'occhio da Randy l'ho presa per una tossica, ma dalla voce e dagli occhi sembra a posto. Le ci è voluto del coraggio per corrermi dietro, e questo lo rispetto.

La farò scaldare, le offrirò un buon pasto, le darò qualche soldo per comprarsi una giacca decente e poi potrò darle facilmente il benservito.

Si sta mordendo le labbra, le spalle sono curve. Eh no, cazzo, non voglio che abbia paura di me.

"Quanti anni hai?"

Si inumidisce le labbra. "Ventuno."

Non riesco a evitarmi uno sbuffo di scherno.

Affronta il mio sguardo scettico alzando orgogliosamente il mento. "Ecco qua." Fruga nello zaino che ha continuato a tenere stretto come se fosse un'ancora di salvezza. Butta sul tavolo un tesserino in plastica rettangolare. La sua carta d'identità.

Sierra Woodhouse. Donatrice di organi. Ha anche la patente da moto, cosa che la rende interessante. E sì, se ho fatto bene i calcoli, ha ventun'anni.

Mi rilasso un po' di più. Sembra una ninfetta minorenne, ma a meno che i documenti non siano falsi, non lo è. Non mi piace per niente l'idea che una ragazza così giovane possa andare a lavorare in un posto come il night diRandy. Ma non mi pagano per preoccuparmi degli altri. Ognuno ha i propri casini nella vita. La cosa migliore di vivere lontano dalla civiltà è che non devo più avere a che fare con le stronzate della gente.

"Parlami del lavoro," mi chiede. In modo esuberante. È più determinata di come sembra.

"Prima mangiamo." Prendo in mano il menu. Il *Workman's special*in cima alla lista propone praticamente due porzioni di tutto ciò che offre il menu della prima colazione. Da queste parti sanno come nutrire i veri uomini. Lo ordino insieme a un caffè alla stanca cameriera, e aspetto che Sierra decida. Si sta mordendo il labbro, guardando il menu quasi con un'espressione dolorosa in volto. Non c'è niente che faccia male a uno stomaco vuoto come una possibile abbuffata.

"Faccia due caffè e due *special*." Restituisco il mio menu ma prendo quello di Sierra e lo poso sul tavolo. "Le faremo sapere se vogliamo qualcos'altro."

Sierra tiene lo sguardo abbassato sul tavolo, come se cercare di scegliere qualcosa da mangiare le avesse tolto ogni velleità. Le sue ciglia nere sono come macchie scure, sulla sua pelle pallida. Ha qualche lentiggine.

"Sei di queste parti?" chiedo.

"No. E tu?"

Faccio un sospiro. "Del Wisconsin. Credevo di essere abituato al freddo."

"E invece?"

"L'inferno non è caldo. L'inferno è gelato e, da novembre a maggio, si trova proprio qui."

"Quanto dista da qui il Circolo polare artico?"

"Non abbastanza. Qui ci sono soltanto due stagioni. L'inverno e quella in cui siamo adesso."

"E che stagione è quella in cui siamo adesso?"

"Quella dei moscerini e delle zanzare."

Mi guadagno un debole sorriso.

Rimango zitto finché non ci portano il cibo e le faccio segno di servirsi. Lei prova a fare l'educata, ma in realtà divora voracemente queste calorie a basso costo. Ordino un'altra tazza di caffè e aspetto che rallenti un po' prima di parlare.

"Allora, il lavoro."

I suoi occhi si spostano sui miei. Sono sorprendentemente verdi, leggermente a mandorla. Non deve avere origini caucasiche al cento per cento. Il viso è decente, sarebbe anche carina se non fosse così magra e scavata, ma gli occhi sono un casino belli.

"Ho una squadra di ragazzi su nel campo di taglio del bosco. Questa per noi è la stagione più intensa e non abbiamo tempo per prenderci giornate libere. Non voglio che i miei ragazzi corrano qui per cercare qualcosa."

"Per qualcosa intendi dire la 'fica.'" Non ha il minimo imbarazzo nel pronunciare la parola. "Ne vuoi una a disposizione."

Alzo le spalle. Mi era sembrata una buona idea quando mi è venuta. Adesso, non ne sono più così sicuro.

"Cosa comporta il lavoro? Come dire, quante ore?"

"Tutte le sere dovrai ballare. A parte quello fai cosa ti pare. Mangi con noi, ti fai lunghe dormite, fai le tue cose da ragazza…"

"Ci sto."

Mi appoggio allo schienale con un sospiro. Il separé scricchiola. "Hai mai fatto strip-tease prima d'ora?"

"No. Ma ho fatto la cameriera. Quanto potrà essere difficile togliersi i vestiti di dosso?"

La studio per un momento. Ha i polsi sottili, con delicate vene blu. Potrei spezzarglieli con una mano sola.

"Non sembra, ma sono una tipa tosta," continua. "Imparo in fretta. Accontenterò i tuoi ragazzi, te lo prometto."

"C'è dell'altro. I ragazzi potrebbero volere... di più."

"Posso fare anche quello." Incontra il mio sguardo guardandomi dritto negli occhi. Devo ammetterlo: il mio cazzo si rianima un po' di fronte alla sua audacia.

"Hai esperienza?" le chiedo, come se questo fosse un normale colloquio di lavoro.

"Non sono vergine, se è questo che mi stai chiedendo. La mia mammina mi ha spiegato delle api e dei fiori."

Faccio una risata nasale. È schietta e sincera. Una boccata di aria fresca.

"Quindi saresti disposta a..."

Scrolla le spalle. "Posso fare qualunque cosa per quella cifra. Fare di tutto e farmi tutti."

La fisso. "Dovrai passare una visita medica. Pagheremo noi il dottore."

Ha un attimo di esitazione. "Okay."

Cazzo, cosa potrei dire per farla desistere? "Ci sono altri sette ragazzoni, tutti della mia stazza."

"Non mi romperò. Vi posso prendere tutti." I suoi occhi verdi mi trapanano.

Adesso mi ha davvero attizzato, ho il cazzo così duro che potrebbe perforare il tavolo. "Cazzo," mormoro.

Il suo sguardo infuocato si trasforma in un sorrisetto granitico. "Sarà proprio quello di cui mi occuperò."

Faccio cenno alla cameriera. Doveva essere una cosa facile. Una colazione offerta per pietà. Le avrei dato qualche banconota e poi l'avrei spedita per la sua strada. Ma adesso non sono più tanto sicuro che se andrà.

"Dammi una possibilità," mi dice. "Posso farlo questo lavoro. Prendetevi cura di me e io mi prenderò cura di voi."

Fuori si sentono voci rozze e la porta del ristorante si spalanca. Un gruppo di uomini piomba dentro, parlando ad alta voce. Sierra praticamente si raggomitola sparendo, mentre passano. A quel punto capisco.

Sta scappando. Si sta nascondendo da qualcuno. Cazzo, adesso non posso più dirle di no.

Forse posso semplicemente portarla da noi per stasera. Provo a immaginare cosa direbbeSaint vedendola. È anche più grosso di me.

"Hai passato la notte qui, in un motel?" chiede. "Se hai ancora la stanza, mi piacerebbe farmi una doccia prima di partire."

"Certo." Forse posso svignarmela dal motel. Lasciarle qualche soldo e pagarle la stanza per un paio di notti. Fermarmi in una chiesa o qualcosa del genere per convincere qualcuno ad andarle a parlare. Una cosina fragile come lei non dovrebbe essere lasciata sola.

Mentre usciamo dal ristorante, si sente una moto in lontananza. Sierra abbassa la testa e si fionda vicino a me.

Un uomo le ha sicuramente fatto del male. Forse più di uno: da queste parti i club di motociclisti dominano su intere città. Nel mondo dei club di moto, gli uomini sono uomini, e le donne sono di loro proprietà. Se il membro di un club dovesse trovare Sierra, non ci penserebbe due volte a picchiarla a sangue. Il solo pensiero mi fa venir voglia di distruggere qualcosa.

"Da questa parte." Mi metto tra lei e la strada, per tenerla nella parte interna del marciapiede, nel caso passasse qualche camion che ci schizza. Che dannato gentiluomo sono.

Siamo a metà strada per l'hotel quando mi accorgo che

non ho accorciato il passo. Lei ha continuato a marciare al mio fianco, a testa alta. Senza chiedermi di rallentare.

Però, mi piace questa ragazza, cazzo.

"Aspetta." Mi fermo davanti a un emporio. "Devo comprare un paio di cose." Entriamo e i suoi occhi guizzano ovunque. "Scegliti qualcosa di più caldo da metterti addosso," le dico imperioso. "Pago io." Nel caso le venisse la tentazione di rubare quello di cui ha bisogno. "E tutte le cazzate da donna di cui hai bisogno, che possano bastare per un mese." Così potrà andare in qualche casa di accoglienza provvista di tutto.

Ammazzo il tempo aspettandola finché non arriva alla cassa con un piccolo cestello con troppe poche cosedentro. Articoli da toeletta rosa, alcune maglie termiche e un altro paio di jeans.

Imprecando sottovoce, afferro una giacca a vento che potrebbe essere della sua taglia, o che almeno non dovrebbe farla sembrare come una che indossa la vestaglia di sua madre. "Fa un freddo che ti entra nelle ossa. Te ne sei dimenticata? Un freddo gelido come il cuore di Satana." Butto la giacca a vento davanti alla cassiera e ci aggiungo un paio di camicie a quadri. "Che numero porti di scarpe?"

Lo comunica alla cassiera, che parte alla ricerca di ciò che le ho chiesto. Stivali. Basta con le scarpe da tennis fradice. Poi mi viene in mente di aggiungere qualche paio di calze.

"Credevo mi volessi meno vestita," mormora mentre la cassiera non sente. Il cazzo mi sussulta di nuovo.

Scuoto la testa. "Così lo show dura di più." Se evito di pensare al suo corpo sotto tutti quei vestiti, forse riuscirò a non avere un'erezione qui nel bel mezzo dell'emporio. Pago prima che a Sierra venga un colpo vedendo il totale.

Quando apro la porta della stanza del motel, il colpo viene a me. Meriterebbe di più di questo posto fatiscente, con la moquette macchiata e l'odore stantio di sigarette. Nella luce fioca, la sua pelle sembra rilucere.

"Prenditi tutto il tempo che vuoi."

"Non ci metterò molto."

Accendo la TV per coprire il rumore della doccia. Se c'è un buon momento per fare la mia fuga è proprio questo. Ma sarebbe troppo da vigliacco.

Fisso lo schermo cercando di non pensare a Sierra che si sta denudando a pochi metri da me, dietro a una porta sottile.

* * *

SIERRA

CAZZO, che meraviglia l'acqua calda. Questo calore mi sta lavando persino le ossa. Una bella sensazione di pulito aggiunta al cibo che ho mangiato e sono pronta a rinascere a nuova vita. Mi piacerebbe stare sotto la doccia a lungo, ma sono pronta a scommettere diecimila dollari che Lincoln ha intenzione di trattarmi come un caso umano. O se ne va adesso e mi molla, oppure aspetta di farlo dopo avermi accompagnata in qualche rifugio per senzatetto. Il che significa che devo convincerlo che ho tutti i numeri per fare questo lavoro. SUBITO.

Mi lavo e mi faccio lo shampoo a tempo di record. Uscita dalla doccia e avvolta in un asciugamano, tolgo il vapore dallo specchio e fisso la mia immagine riflessa. Capelli neri pettinati all'indietro. Occhi verdi, troppo grandi per il mio visino stretto.

Adesso o mai più. È ora di usare la mia arma segreta. Dopo averla preparata, apro la porta e mi fermo in posa sulla soglia. Il tempismo è stato perfetto: Lincoln è ancora qui, con gli occhi che fissano vuoti lo schermo TV.

È davvero un bel ragazzone, giovane e forte. Tiene il mondo tra le dita. Ma io ho una cosa che lui non ha. Una cosa di cui ha bisogno. La fica.

Lascio cadere l'asciugamano.

Lincoln stacca gli occhi dalla televisione e sussulta visibilmente.

"Penso che dovresti provare la merce, prima di portarmi con te." Mi avvicino lentamente a lui, lasciando che mi mangi con gli occhi. Indosso un perizoma e un reggiseno quasi trasparenti: la mia divisa da spogliarellista. Non c'era niente di sexy in vendita all'emporio e forse è meglio così. Il loro concetto di biancheria sexy potrebbe essere a quadri rosa.

Vado davanti alla TV e Lincoln non fa neanche il tentativo di distogliere gli occhi da me. Facendo finta che il notiziario sportive sia musica da discoteca, inizio a ballare.

Il mio spettacolo ha inizio. Sono io a comandare, ondeggiandogli davanti, abbassandomi e roteando il bacino. L'ho visto fare alle spogliarelliste, e anche dalle vecchie signore nella sede del club degli Hell Riders che aspirerebbero a esserlo. I suoi occhi azzurri seguono ogni mio movimento. Sta trattenendo il respiro.

Non avrò le caratteristiche di una spogliarellista, ma probabilmente è molto tempo che Lincoln non va con una donna. Che peccato per l'umanità.I lineamenti decisi del suo volto sono perfetti, anche nascosti dalla barba folta. I suoi muscoli sono solidisotto le mie mani. Un uomo come lui, meriterebbe di essere adorato dalle donne, e di frequente.

Mi arrampico sul suo grembo e mi metto a cavalcioni su di lui, con le ginocchia sul letto, le gambe allungate sopra le sue cosce muscolose. Le sue grandi mani vanno immediatamente alla mia schiena, per tenermi, ma non fa una mossa per andare oltre. Non c'è problema. Ci penserò io.

Visto così da vicino, Lincoln è un vero capolavoro, che aspetta solo di essere goduto. Faccio strusciare il mio corpo sul suo e con le mani vado a esplorare la forza dormiente delle sue braccia nerborute, del petto solido, delle ampie spalle. Ovunque tocchi è forte e duro come l'acciaio. Mi perdo in lui.

Poi abbasso la testa vicino al suo viso, piegandola per vedere l'effetto che farebbe se ci baciassimo. Passo la bocca sopra la sua, con le labbra vicine ma non troppo. Il nostro fiato si mescola.

Un attimo dopo alza il mento, inclinando il viso per incontrare il mio. Un movimento quasi impercettibile, ma che mi dice tutto ciò che avevo bisogno di sapere. È in mio potere. Mi alzo e mi giro mettendomi di schiena, con il culo appoggiato sul suo grembo, facendo roteare il bacino senza dire niente. Mi siedo su di lui come se fossi su una poltrona, con l'esile corpo abbandonato sulla sua figura possente, e inizio a premere il mio culetto morbido sopra il suo cazzo. Lo sento crescere ancora di più. Un vero mostro.

Mi giro di nuovo e gli sbottono i jeans senza difficoltà. Jack era spesso fatto o ubriaco quando fottevamo, so benissimo come sfilare i jeans a un uomo abbastanza per poterlo cavalcare. Gli addominali di Lincoln si contraggono quando infilo la mano sotto i pantaloni per andare a esplorare. Dio santo, ha un bel pacchetto là sotto. Provo a chiudere le dita attorno al suo arnese, ma è troppo grosso. Il mio sesso freme mentre mi preparo a prenderlo.

"Sierra..." dice. Prima che cerchi di fermarmi, gli chiudo la bocca con la mia. Praticamente lo aggredisco, gettando su di lui tutto il corpo mentre lo bacio. Il suo grosso cazzo mi sussulta in una delle mani, con l'altra lo afferro dietro al collo, tenendo le labbra incollate alle sue. Mi premo contro di lui, spingendo finché non cede e si lascia cadere sul letto con un gemito. Mi libero le mani per il tempo sufficiente a sbottonargli la camicia e tirare su la maglietta termica. Io sono seminuda, adesso tocca a lui. Voglio vedere con cosa ho a che fare. Mi aiuta, sfilandosi la camicia. Mi abbraccia, imprigionandomi, ma solo per tenermi, senza stringere forte. Sta ansimando, la sua mascella si contrae come se stesse trattenendo qualcosa che vorrebbe dire.

Mi sta dando una possibilità di cambiare idea. Io inarco un sopracciglio e mi struscio su di lui, pigra e invitante. Premo più forte il sesso sul suo. Sono bagnata, mentre scivolo sui peli ruvidi intorno alla sua lunga asta. Pochi centimetri ancora e sarà dentro di me.

Si allunga sul letto per prendere qualcosa: il suo portafoglio. Alzo un sopracciglio mentrearmeggia con il portafoglio per cercare qualcosa.

"Preservativo," dice. Annuisco, sfilandomi rapida le mutandine mentre lo guardo con aria solenne arrotolarselo sul cazzo. Sta veramente succedendo.

"Shh." Metto a tacere i suoi dubbi inespressi. "Lascia che mi occupi di te." Solleva il bacino, cercandomi. È troppo tardi per fermarsi adesso. Mi tirò su posando la mia fessura fradicia sulla sua punta, e mi abbasso su di lui.

Gli sfugge un gemito. Avevo ragione. È molto tempo che non lo fa. Roteo un poco il bacino, per adattarmi alla circonferenza del suo cazzo. Sono stretta per lui, non è proprio confortevole, ma sarebbe peggio se non fossi così bagnata. Non ho mai più avuto un uomo dentro di me dopo Jack… ma adesso non è il momento di pensare a lui.

Ci muoviamo lentamente allo stesso ritmo, guardandoci a occhi spalancati. È come una conversazione tra estranei. *Salve, come va, ti piace così? E se ti tocco qui? Qui… o qui? Dimmi cosa ti piace.* I nostri bacini si allineano, muovendosi l'uno contro l'altro a un ritmo semplice. I nostri corpi diventano subito amici.

Chiudo gli occhi e mi abbandono alle sensazioni. C'è di

nuovo un uomo sotto di me, completamente diverso da Jack. Jack era un ragazzo cresciuto, goffo e con il corpo magro da eroinomane. Lincoln è un uomo fatto, il suo corpo è solido e potente sotto al mio. Mi afferra le chiappe, coprendole completamente con le sue grosse mani. *Sei al sicuro adesso, con me. Ti proteggerò. Nessuno arriverà a te finché ci sono io.* Lo conosco da poco più di due ore e già sento questa silenziosa promessa. Voglio crederci...

Lo schiocco della carne contro la carne. La conversazione cresce di intensità, le frasi diventano più concise. *Più veloce, più forte. Adesso. Per favore.*

Il mio orgasmo esplode, guizzando su per la schiena. Mi irrigidisco e cado sopra di lui. Lui geme continuando a pomparmi, una volta, due, mi penetra a fondo, stritolandomi. Ci lasciamo cadere insieme sul letto traballante da quattro soldi, in un groviglio di membra.

Mi sollevo io per prima, spingendo indietro i capelli bagnati. Lincoln guarda ammirato l'arrossamento sul mio petto e sulle guance. Non sono più un caso umano con il culo rinsecchito. Sono una dannata dea del sesso, e lui lo ha capito.

Una ruga preoccupata compare tra le folte sopracciglia di Lincoln, mentre mi guarda. Io gli sorrido, arricciando un po' il naso come per chiedergli: *Non te lo aspettavi, eh?*

No. Mi risponde il suo sguardo saggio. Un muscolo guizza nella sua guancia, un sorriso involontario, poi si arrende. Lascia cadere indietro la testa e ride, con i denti bianchissimi che balenano sotto la barba scura. Mentre il suono della sua risata, felice e liberatoria, riempie la stanza, torno in bagno, impettita come un venditore che ha appena concluso un buon affare.

SIERRA

Il pickup di Lincoln prende una buca e io mi sveglio di soprassalto. Dopo una doccia e una bella scopata, oltre al fatto di essere in fuga da un lunghissimo mese, non avevo la minima possibilità di rimanere sveglia. Ricordo a malapena quando abbiamo imboccato la strada che conduceva fuori città.

Dormi, sussurra il calore che esce dai bocchettoni dell'aria. *Sei al sicuro,* dice la grande mano di Lincoln sul volante.

"Scusa," mormora l'uomo, cercando di evitare con il pickup le buche fangose. La pavimentazione stradale è così rovinata, crepata e corrosa dai ghiacci dell'inverno, che sembra quasi di andare su una strada sterrata.

"Non c'è problema," rispondo sospirando, e chiudo di nuovo gli occhi. Non sono stata così comoda da oltre un mese. Forse di più. È persino strano non essere più attanagliata dalla paura. Per settimane, è stata la paura a spingermi ad andare avanti, a sorreggermi durante le dure notti insonni e i lunghi viaggi in autobus con lo zaino stretto al petto. Bevevo, respiravo e mi nutrivo di paura. Era la mia energia, i muscoli e le ossa che mi tenevano insieme. Adesso che svol-

tiamo lungo una strada in mezzo alla foresta allenta leggermente la sua presa, ma ne ho ancora bisogno.

Ce l'ho fatta. Ho ottenuto il lavoro. Sono la nuova 'intrattenitrice' di una squadra di vigorosi boscaioli. Otto uomini,
forti e robusti come Paul Bunyan. Ogni sera, sette giorni su
sette. Dovrò farlo una volta al giorno, due la domenica.

La nausea mi stringe lo stomaco. Premo la fronte sul finestrino, inspirando ed espirando con consapevolezza.

"Va tutto bene?"

"Soffro solo un po' la macchina."

Allunga il braccio davanti al mio sedile e gira la mano-
vella, per aprire un po' il finestrino. Che carino. "Siamo quasi
arrivati."

Annuisco e giro il viso verso l'aria fresca che entra.

La mascella squadrata di Lincoln rimane tesa per un
miglio prima che dica: "Non sei obbligata a... con tutti noi.
Devi essere tu a decidere. Non permetterò che ti facciano del
male."

"Non c'è problema." Sta cercando di essere carino, ma so
benissimo che è impossibile che metà dei ragazzi se ne stiano
a guardare mentre concedo i miei favori sessuali all'altra
metà. Lincoln si troverà alle prese con una guerra, che non
potrà vincere. I vincitori si divideranno il bottino.

E quel bottino sono io.

Sempre meglio che essere una puttanella a disposizione
di tutti nella lurida sede di un moto club. Perlomeno, in
questo modo vengo pagata.

Rimaniamo in silenzio per il resto del viaggio. Il pickup
rimbalza su alcune buche di quelle memorabili, prima di
entrare in un'area protetta da enormi recinzioni di filo
metallico e da un alto muro attorno a un cortile fangoso.
Sulla cima del muro c'è del filo spinato avvolto: per tenere la
gente fuori o dentro?

All'interno del muro, vi sono macchinari per il taglio

della legna schizzati di fango, che sembrano rannicchiati come strani insetti. Alcuni operai sono raggruppati dietro a uno di essi e si voltano a guardarci mentre passiamo loro davanti. Una faccia incuriosita incorniciata da un'ispida barba rossa spunta dalla cabina di un camion, ma io mi ritraggo sul sedile prima che possa vedermi bene.

Davanti a noi c'è un lungo edificio basso, con alcuni fuoristrada parcheggiati davanti. Lincoln porta il veicolo alla fine della fila, spegne il motore e afferra le chiavi. Mi prende un colpo: il pickup di Lincoln è il mio unico mezzo di entrata e di uscita da qui. Posso nascondermi ai Riders, ma non agli otto uomini che nei prossimi mesi mi terranno tra le loro mani callose. Deglutisco, sentendo la bocca improvvisamente secca. Che cosa ho fatto?

"Stai lì. Vengo ad aprirti la portiera." Lincoln prende il suo borsone e le poche borse di plastica frutto del nostro tour di shopping all'emporio.

Inizio comunque ad aprire la portiera, per provare a convincermi di avere un po' di controllo e vado quasi a sbattere contro un tipo piuttosto tarchiato con i capelli scuri, che si aggira attorno al pickup.

Mi guarda con la faccia truce, - pelle abbronzata, occhi scuri e labbra carnose, troppo sensuali per il suo pizzetto ispido -, poi continua a camminare, lanciandomi un'occhiataccia prima di sparire all'interno dell'edificio.

Santo cielo, se sono fichi i boscaioli. Sarà merito dell'aria fresca. Radigli quella barbetta patetica, metti un po' di gel sui capelli scuri e setosi, fai un lavaggio intensivo per togliergli il fango di dosso e sarà pronto per un servizio fotografico su GQ. Che zigomi! Peccato che li nasconda sotto tutti quei peli.

"Lui è Mason," dice Lincoln verso il mio gomito, e io faccio un sobbalzo, mentre mi viene il respiro corto. Abbasso la testa e la scuoto con le guance in fiamme, cercando di nascondere la mia reazione alla vista di quel viso da star del cinema e del corpo muscoloso il giusto di Mason.

"Non gli piace la gente. Non farci caso." Lincoln mi porge la mano e io la prendo prima di saltare giù, battezzando i miei nuovi stivali nel fango.

Mason, Mason, Mason, mi ripeto mentre ci avviamo verso la porta. Uno degli otto. Troppo tardi per fargli una prima buona impressione. Non che possa competere con l'impressione che lui ha fatto a me, in ogni caso.

Dentro all'edificio c'è una piccola mensa: una lunga tavola circondata da otto sedie. Dietro al tavolo, un corridoio conduce a diverse porte chiuse. Non c'è ombra di Mason.

Due ragazzi escono dal corridoio. Faccio loro un piccolo, pimpante cenno di saluto. Uno tira un colpetto all'altro dicendo con il labiale: "Carne fresca." Faccio un passo indietro seguendo Lincoln sulla sinistra, verso una cucina piena di calore e rumori di padelle che sbattono. Un ragazzone imponente con la testa rasata e la pelle scura si sta occupando dei fornelli, mescolando il contenuto di una pentola così grande che potrei starci dentro io.

"È andata bene?" chiede, e Lincoln si sposta di lato per farmi vedere.

"Ciao." La parola mi muore in gola mentre l'omone mi squadra dall'alto in basso e poi torna a occuparsi del suo stufato gorgogliante senza cambiare espressione.

"Saint, lei è Sierra," gli dice Lincoln. "Rimarrà con noi per un po' di tempo."

"Non avevo capito che fossimo un albergo." Saint, l'omone, solleva il mestolo e assaggia l'intingolo, poi lo rimette dentro. Con una mano che sarà cinque volte la mia, aggiunge un pizzico di sale. Il suo volto è ancora privo di espressione.

"Si guadagnerà da vivere. Proprio come te. E come tutti noi." Lincoln fissa intensamente l'omone come sfidandolo a obiettare. Una mossa intrepida. Non credo che scommetterei contro l'omone, in una scazzottata. Ha più o meno le dimensioni del frigorifero professionale nell'angolo della stanza.

Saints fa spallucce e si gira dall'altra parte.

"Andiamo." Lincoln mi conduce fuori dalla cucina. Un altro punto a sfavore. Stringo così forte le nocche sul manico della borsa che sono diventate bianche e mi costringo a sorridere mentre torniamo indietro per andare dal resto dei ragazzi. Non potrei reggere un terzo fallimento.

Vari uomini arrivano nella sala principale da varie entrate. Ragazzoni barbuti, che formano una foresta torreggiante attorno a me. Mi appoggio al tavolo e lascio cadere il bagaglio dalle braccia stanche. Spero che la cena arrivi presto. Questi ragazzi mi guardano tutti famelici, come se fossi il loro pasto.

Tre di loro piombano dentro dall'esterno. Altri ragazzoni, grossi come la porta, con muscoli che si sono gonfiati a furia di strappare alberi dalla radice e spezzarli in due sulle ginocchia. O qualunque altra cosa facciano i boscaioli.

Si avvicinano rumorosamente e mi circondano, alti come alberi, con le maniche corte che mettono in mostra bicipiti che sembrano legno cablato. Lincoln non mentiva quando ha detto che la squadra era composta da ragazzi come lui. Mi sono persa nel bosco.

"E questa chi è?" chiede uno. Uno coi capelli rossi. Dalla parte opposta rispetto a me c'è un altro rosso identico al primo - talmente identico che sono sicura sia il riflesso di qualche specchio - che allunga il dito accarezzando il bordo del mio cappuccio. Un profumo di vita all'aria aperta mi inonda, fresco, pulito e tonificante. Mi rimpicciolisco dentro ai vestiti.

"Ehi," Lincoln rimbrotta i nuovi arrivati. "Pulitevi gli stivali."

"Ma mammina..." si lamenta il rosso. Si trascina indietro assieme al suo sosia silenzioso e io posso tornare a respirare.

Nel frattempo, uno dei ragazzi provenienti dal corridoio, alto, con ciocche biondo sporco alla Kurt Cobain, si avvicina. Le sue braccia tatuate aggiungono un pezzo di manica alla sua canotta bianca.

"Ciao," gli dico tendendogli la mano. "Sono Sierra."

"Sierra," ripete con voce strascicata, e saltando la stretta di mano mi stringe in un abbraccio, con i miei occhi che arrivano all'altezza del tatuaggio di un teschio. Da una delle cavità orbitali spunta un serpente: si contorce mentre flette il bicipite. "Sono Jagger."

"Jagger," dice Lincoln. "Sierra ha accettato di venire a stare con noi fino a fine stagione."

"Mmm," Jagger mi stringe più vicino a sé. Deve avere un martello in tasca perché il manico mi sta puntando sulla gamba. O è quello o sa esattamente il motivo per cui mi trovo qui.

"Ora basta," taglia corto Lincoln. "È appena arrivata, non ha ancora incontrato tutti. Lasciala respirare."

"Certo," dice Jagger, ma continua a tenermi un braccio agganciato attorno al collo. Non ha molto il senso dello spazio personale, Jagger. "Fai le tue presentazioni. Ti aiuterò. Loro sono Roy e Tommy." Indica due ragazzi e si volta verso di me prima che abbia il tempo di guardarli bene in faccia. "E loro sono i gemelli."

I due rossi sulla porta si raddrizzano e io sbatto le palpebre, credendo di vedere doppio.

"Elon e Oren." Il dito di Jagger punta verso lo spazio tra di loro. "Padre irlandese, mamma ebrea. Se sono circoncisi? Immagino che lo scoprirai da sola."

Cerca di prendermi di nuovo tra le braccia, ma io continuo a fissare i due gemelli rossi identici. Dev'esserci un modo per distinguerli l'uno dall'altro.

Uno ha un piccolo neo vicino all'occhio destro, sopra la barba. "Com'è che vi chiamate?" chiedo, e quando il gemello con il neo indica verso di sé e mi risponde timidamente, lo memorizzo. *Oren*. Non importa se è l'immagine specchiata di suo fratello. È uno degli otto, e voglio fare buona impressione.

"Ti fermerai qui?" chiede Elon. I suoi occhi azzurro intenso sono incorniciati da ciglie lunghissime.

"Già. Non è carina? È così minuta," dice Jagger, che evidentemente era rimasto chiuso dietro la porta quando Dio stava distribuendo il dono del tatto. "Non preoccupatevi, ci sono abbastanza parti di me da esplorare," dico al gruppo riunito.

"Uh uh," si sente grugnire qualcuno dalla cucina. Saint.

"Ce la farà." Jagger sorride come fossi una sua proprietà. Continuando a tenermi il braccio sulle spalle, raccoglie il mio zaino. "Ti mostrerò camera tua."

"Anch'io," dicono contemporaneamente entrambi i gemelli.

"No." Saint puntauna paletta verso uno di loro. "Siete di turno in cucina."

"Cucini tu stasera?" chiede Jagger al gigante.

"Sì. Gumbo."

"Fantastico. Le metti un po' di carne sulle ossa." Jagger mi stringe di nuovo a sé e io alzo gli occhi al cielo. Mi sfilo dal suo abbraccio e mi raddrizzo proprio quando Lincoln dice a uno dei gemelli: "Stasera potrà ballare, ma niente di più. Non fino a che non la visita un medico."

Trattengo la replica che stavo per fare a Jagger, grata di avere una notte di tregua. A giudicare dagli sguardi libidinosi dei gemelli e di Jagger, ci vorrà un po' prima di poter passare una notte tranquilla. Ci sono otto ragazzi qua dentro, e io sono l'unica donna nel raggio di molte miglia.

Proprio in quel momento Mason mi passa davanti, guardandomi come se fossi una cacca finita sotto i suoi stivali.

Come non detto. Mason probabilmente non mi toccherebbe neanche se lo pagassi.

Jagger mi mette di nuovo il braccio attorno all spalle e sento la sua erezione spingere sulla coscia. Probabilmente nelle notti in cui toccherà a lui non me la caverò facendolo meno di due volte.

Stringo la mano a Roy e Tommy, - due bravi ragazzi, troppo educati per rivolgermi sguardi lascivi - e lancio un'altra occhiata a Mason. Dice qualcosa a Saint, e si passa una mano tra i capelli corvini. Passano delle ombre nella parte scavata sotto gli zigomi. È impossibile. O è un'immagine generata da computer oppure è un make-up sagomato ad arte. Nessun uomo può essere così fico.

Ma lui lo è. E sta guardando verso di me come se mi odiasse.

"Mason, ti presento…" La voce di Jagger si spegne mentre Mason gli passa davanti bruscamente uscendo dalla stanza. Rimaniamo tutti a guardarlo mentre se ne va.

Ritrovo la voce. "Gli è andato qualcosa di traverso stamattina a colazione?"

Oren soffoca unosgignazzo e Jagger fa una risatina argentina. Prima d'ora non avevo mai sentito un uomo fare risatine del genere.

"Mason odia le donne," mi rivela Jagger.

"Non c'è problema." Incrocio le braccia sul mio esile petto. "Non è obbligatorio che io gli piaccia per farsi succhiare l'uccello."

"Oh, Sierra, sei come una boccata di aria fresca." Jagger sorride come un padre orgoglioso "Finiamo il nostro giro."

Il giro consiste nell'essere trascinata da una stanza all'altra da Jagger, con Elon che ci segue come un cagnolino.

"Questa è la mensa. E questa la sala dell'intrattenimento."

Indica un paio di sdraio e un divano di fronte a una gigantesca televisione. "Non si prendono molti canali qui, perciò di intrattenimento ce n'è poco. Ma immagino sia per questo che adesso abbiamo te." Jagger inclina la testa e mi guarda, io rispondo al suo sguardo di sfuggita. Se non è imbarazzato lui per il motivo per cui mi trovo qui, non lo sarò neanch'io.

"Sarò io," dico scherzando, "il vostro giocattolo sessuale personale."

Il poveroElonarrossisce fino alla radice dei suoi rossi capelli. Dal modo in cui lui e il fratello mi guardano e arrossiscono, mi chiedo se siano ancora vergini. Forse mancano solo totalmente di esperienza.

"Da questa parte ci sono alcune delle camere da letto." Jagger mi conduce in un lungo corridoio. L'edificio è fatto a L, con la cucina e l'entrata principale sull'angolo. "E..." Spalanca una porta su un bagno in stile collegio, con più urinatoi e docce disposti in fila.

"Carino, non è vero?" dice Jagger fiero. "Quasi tutti i campi hanno i bagni e le docce in edifici separati, come nei campeggi. Ma Lincoln ha chiesto alla ditta di costruirlo come da sue specifiche. L'azienda ha voluto che fosse lui il capo, qui," spiega Jagger. Continua lungo il corridoio, facendomi vedere le porte delle singole stanze. "Di solito ci sono solo camerate, ma noi abbiamo delle vere e proprie camere da letto. Si ha più privacy." Spalanca una porta facendo un sorrisetto. "Questa è camera mia."

"Fantastico," mormoro. Ci sono capi di abbigliamento e altre cose sparsi ovunque nella stanza buia. Su tutto aleggia il classico odore muschiato tipico della marijuana, confermando i miei sospetti: Jagger è l'equivalente dello studente fattone del college in versione boscaiola.

La porta di fronte alla camera di Jagger è semiaperta. Roy e Tommy interrompono quello che stavano dicendo per farmi un sorriso educato ma guardingo. Faccio loro un cenno del capo e mi rivolgo alla mia guida.

"Dov'è camera mia?"

"Nell'altra ala. Ma la porta è sempre aperta." Jagger fa a ritroso la strada da cui siamo arrivati.

La mia stanza è in fondo al secondo corridoio. Un letto singolo, pavimento di cemento, una cassettiera malconcia. Stesso fascino della camera spoglia di un ostello.

"Accogliente." La mia voce riecheggia leggermente. Jagger posa il mio bagaglio sul letto. Elonva a prendere le lenzuola e una coperta - più che altro un plaid sbiadito - e io lo ringrazio. Mi siedo sul letto e mi lascio cadere giù, per provare le molle. Non che abbia importanza. È molto più confortevole della soglia di un portone in un vicolo buio.

"Adesso vuoi venire fuori con noi, fare un pisolino o che altro?" chiede Jagger, abbassandosi su di me.

"Pisolino," rispondo senza esitazione. Sembra deluso, ma se ne va senza protestare, chiudendo piano la porta.

Chiudo gli occhi e mi lascio di nuovo cadere sul letto. Nonostante il pisolino in macchina, potrei dormire per altri cento anni. Almeno non ho più lo stomaco in disordine, sembra che mangiare abbia guarito la mia misteriosa malattia.

Mi assopisco un momento e poi mi tiro su di colpo. Il fatto di aver conosciuto i ragazzi non significa che il mio primo giorno di lavoro sia finito. Lincoln è dalla mia parte, Jagger e i gemelli è evidente che mi vogliono scopare, ma Mason decisamente no. Anche Saint, Tommy e Roy sembrano ancora indecisi. Ho il cinquanta per cento delle possibilità di perdere il lavoro d'intrattenitrice, e l'eventualità non mi piace.

Sono quasi al sicuro, a cento miglia di distanza dal territorio controllato dagli Hell Riders. Acento miglia da tutto.

Adesso non posso più tornare indietro. Le mie ossa protestano all'idea di fare un altro passo per continuare a fuggire.

Devo assolutamente tenermi questo lavoro.

Dopo essermi passata una spazzola tra i capelli e aver cercato di stirare un po' i vestiti, torno nella sala comune. Nel corridoio riecheggiano voci, forti e maschili.

Mason è in piedi davanti a Lincoln, con le braccia allargate. Anche se non ho sentito quale fosse l'argomento di discussione, posso capire dalla mascella tesa di Lincoln che si sta incazzando.

"Questa è una stronzata," dice Mason aggressivo. "Lo so che cercavi una donna, ma proprio questa? Questa è una da centro di recupero, chissà quante malattie avrà la sua fica…"

"Se vuoi parlarmi dietro," dico a voce alta, "accertati prima che sia uscita dalla stanza."

Mason si irrigidisce come se avessi colto nel segno. "Non abbiamo bisogno di una puttana tossica."

"Non sono una puttana. Le puttane si pagano."

"Perché, tu non sei pagata?" Jagger aggrotta un sopracciglio.

"Io sono pagata per ballare," sottolineo. "Il resto è gratis." Mi rivolgo a Mason e continuo gelida: "Se ti metti contro di me, non avrai niente." Lancio un'occhiata a Lincoln per capire se mi sosterrà.

Lui annuisce. "Esattamente. Pagare per avere delle prestazioni sessuali è illegale. Ma tutto quello che accade alla fine degli spettacoli è tra adulti consenzienti."

"Non ti preoccupare," dico a Jagger, che ha l'aria di uno a cui hanno rovinato la festa. "Ho intenzione di distribuire i miei favori equamente. Mi piacciono gli uomini, e mi piace fare sesso."

Mason apre la bocca ma Saint gli passa davanti pesantemente, posa qualcosa sul tavolo e mi fa segno di avvicinarmi. Mi tira fuori una sedia e io mi siedo automaticamente.

"Sei troppo magra," brontola.

Non ti preoccupare, ragazzone, ci sta anche il tuo cazzo sto per dirgli, quando i vapori di quella ciotola di bontà mi arrivano alle narici. Mi viene l'acquolina in bocca e lo stomaco si arrampica quasi fuori dal ventre.

Saint sbatte un cucchiaio vicino alla mia mano. "Mangia," mi ordina.

Non ho bisogno di farmelo dire due volte. Mi ingozzo di cibo, non soltanto perché ho fame, ma perché Saint è stagliato dietro di me con le braccia incrociatesul petto, guardando tutti e nessuno.

"Le ho fatto fare colazione," si difende Lincoln.

"Ho un metabolismo molto veloce," mormoro con la bocca piena. "Cazzo, che buono." Lo stufato è solo leggermente piccante, ci sono dentro verdure, salsiccia e riso. Potrei vendere il mio corpo per questo, oh, senza dubbio.

"Mangiane ancora." Saint mi mette la mano sulla nuca - per un brevissimo attimo - ma c'è qualcosa di protettivo nel suo gesto.

"Wow," dice Jagger quando Saint sparisce per tornare in cucina. "Gli piaci."

"'Per il fatto che mi ha dato da mangiare?"

"Per questo e per il fatto che non ti abbia sbattuta fuori," dice Lincoln pensieroso. Mason fa una specie di grugnito e se ne torna nella sua stanza.

"Sai perché lo chiamano Saint, santo?" chiede Jagger. "Giocava a football americano al college, in Louisiana. Circola voce che fosse tra i prescelti per diventare professionista, ma invece ha preso la laurea ed è venuto qui a nord. Il più veloce a preparare i tronchi ad essere lavorati. Quando è di buon umore fa il gumbo e se siamo fortunati, lo condivide con noi."

"E tu?" chiedo. "Jagger è il tuo vero nome?"

"Mi muovo come Mick Jagger."

Alzo gli occhi al cielo.

"Ballerò con te se vuoi. Sul serio."

"Ci penserò." Parliamo di musica, mentre la stanza si riempie.

La maggior parte dei ragazzi ci raggiungono, e anche se Jagger voleva far sembrare Saint geloso dei prodotti del suo genio culinario, il ragazzone distribuisce generose porzioni del suo gumbo nei loro piatti. Oren serve dei piatti pieni di biscotti. Li guardo con gli occhi spalancati mentre se ne mangiano tipo una ventina ciascuno. Sia Lincoln cheElon sacrificano una parte della loro porzione per metterne alcuni nel mio piatto e quando protesto dicendo che sono piena mi guardano senza dire niente.

Alla fine del pastomi sento a mio agio, circondata da questi ragazzoni. Tendono a trattarmi come un'amica, o come la sorella minore del loro migliore amico. Jagger divide con me la sua Coca Cola e facciamo una gara di rutti. Anche Saint si unisce a noi. Tutti a parte Mason, che continua ad avere un'espressione disgustata.

"Ho un'idea," dice sornione, piantandomi addosso gli occhi scuri. È seduto in equilibrio sulle gambe posteriori della sedia. "Perché Sierra non ci fa uno show? Un piccolo assaggio di ciò che stiamo comprando," aggiunge, prima che Lincoln abbia il tempo di ricordargli che non inizierò a lavorare fino a dopo la visita medica.

I ragazzi iniziano a protestare dicendo che sono appena arrivata e io alzo una mano. "Vi avverto però, sono davvero piena. C'è un bambino fatto di cibo qua dentro." Mi do qualche colpetto sullo stomaco.

"Eccitante," mormora Jagger.

"Ma penso che tu abbia avuto un'ottima idea, Mason," dico dolcemente. "Datemi solo il tempo di cambiarmi."

Mentre gli passo davanti, do una piccola spinta alla sua sedia. Per non cadere, deve far scendere violentemente le gambe anteriori della sedia. Soffoco un risolino. Far incazzare Mason diventerà il mio nuovo hobby preferito.

Dietro la porta chiusa della mia camera da letto, mi sfrego il viso con le mani e cerco di calmare i battiti del cuore. Sembra impossibile ma è proprio così. Entrerò là dentro atteggiandomi, in mutande e reggiseno, e farò loro uno spettacolino. È questo che mi sono impegnata a fare, e non mi tirerò indietro adesso.

Devo soltanto superare il colloquio di gruppo. Non sono così ingenua da pensare che Mason potrebbe ancora convincere i ragazzi a rimandarmi indietro. Per cui devo mettere in mostra la mia merce, inducendoli a pensare che sia la cosa migliore che abbiano mai visto.

Sono l'unica donna nel raggio di molte miglia, non sarà poi così difficile, no?

Quando ritorno nella sala comune, le teste di tutti i ragazzi si voltano a guardare. Sotto a quel tavolo, ci sono alcuni arnesi da una ventina di centimetri, nascosti dai pantaloni da lavoro sbiaditi. *Sarà dura. Ma è così che mi piace.*

Qualche buontempone ha spento le luci, lasciandone solo una che brilla come un riflettore in un punto dietro al tavolo, abbastanza lontano perché tutti possano vedermi senza esserne abbagliati. Mi fermo nel centro del palco improvvisato e faccio scivolare le mani sui lembi posteriori della camicia.

Adesso o mai più.

Ce la farò.

Punto il dito su Jagger e lui fa partire la musica. *IntoYou* di Ariana Grande. Bella canzone. Ruoto indietro le spalle, chiudo gli occhi e inizio a muovermi a ritmo di musica. Le mie dita giocano con i bottoni della camicia nuova. Indosso una camicia di flanella a quadri sul mio miglior completo intimo, e nient'altro. La mia *mise* da spogliarellista a tema boscaiolo. L'unica cosa che mi manca sono un paio di stivali Timberland.

Mentre mi sbottono la camicia faccio oscillare i fianchi, contraendomi e abbassandomi al ritmo della musica, lasciando intravedere lembi della mia pelle sotto la flanella a quadri rossi. Parte il coro, e io getto indietro la testa, sfilandomi la camicia e facendola ruotare prima di lanciarla a Mason. Lui la prende al volo prima che gli colpisca il volto. Svelto, lo stronzo.

Mi avvicino sensuale al tavolo, con gli occhi puntati su Lincoln. Mi guarda preoccupato mentre gli afferro le spalle, mi metto a cavalcioni su di lui e piantandogli le tette poco coperte in faccia mi volto indietro. Intorno a noi, i ragazzi urlano e fischiano divertiti. Mi si apre un sorriso in volto e Lincoln si rilassa, facendomi scorrere le mani sulla schiena. Agguanto un biscotto, me lo metto in bocca e alzo il viso per offrirglielo. Lui fa per morderlo, ma io mi sottraggo all'ultimo secondo, scuotendo la testa. Sollevandomi su e giù sulle sue ginocchia mentre me lo mangio tutto, riempiendomi le guance come un criceto e leccando il burro mielato rimasto sulle dita.

Quando finisco di masticare, Lincoln sembra sul punto di spazzare via tutti i piatti sul tavolo e di sbattermici sopra per farsi un festino. Perfetto.

Mi alzo strusciandomi e passo davanti ai gemelli, facendo scivolare le dita sui loro colli. Le loro teste si girano come fossero dei gufi, mentre passo sculettando davanti a Roy, fermandomi per infilare il corpo tra lui e Tommy. Ballando vado verso Jagger, che apre le braccia per accogliermi. All'ultimo secondo, mi giro e mi siedo di schiena contro il suo petto muscoloso. Mi muovo roteando a ritmo di musica sul suo inguine e lui gongola, sapevo che gli sarebbe piaciuto.

Tutti gli occhi attorno al tavolo sono su di me. Anche quelli di Mason, di nuovo seduto in equilibrio sulle gambe posteriori della sedia, a braccia incrociate e con la mascella serrata, con le ombre che cadono sui lineamenti duri del suo viso.

Sorridendo, lascio le braccia tentacolari di Jagger, passando dal suo grembo a sopra il tavolo. Getto indietro la testa e inizio a ballare con foga, muovendo i fianchi più che posso a ritmo di musica, facendo roteare le spalle. Cammino con cautela arrivando a un punto dove non ci sono piatti vicino a Saint e mi accovaccio, poi striscio come una pantera verso di lui. Nella maschera di pietra che è il suo viso gli occhi brillano. So perfettamente cosa fare per fargli cambiare espressione. Mi appoggio all'indietro sulle braccia, punto i piedi allargando le gambe e inizio a muovere il bacino avanti e indietro, sventolandogli la fica davanti alla faccia. Mi stacco dal tavolo e mi ci chino sopra, alzando il culo per aria e facendolo dondolare verso Saint. Faccio finta di darmi una sculacciata finché lui non rompe la sua immobilità. La sua enorme mano si posa su una mia chiappa. Ridacchiando tra me e me, mi sposto di scatto e mi allontano ballando, agitando il dito verso di lui. Adesso non ci sono più dubbi sulla fame che gli si legge negli occhi. Gli faccio l'occhiolino, con una faccia imbronciata che promette molte possibilità di farmi sculacciare in altre occasioni.

Da ogni parte mi giri, vedo lo stesso magnifico sguardo arrapato. Nemmeno Mason si preoccupa di nasconderlo. Jagger cerca di afferrarmi mentre gli sfilo davanti.

Ce l'ho fatta. Hanno tutti voglia di scoparmi. E non possono. *No-no*, dice il mio dito muovendosi a destra e a sinistra. Me lo lecco e vado a passarmelo su un capezzolo turgido, finché tutto il mio corpo urla loro che varrà la pena di aspettare.

La canzone sta finendo. Siamo arrivati al gran finale.

Prendo la mia sedia e la sposto vicino alla luce. Mi siedo allargando le ginocchia sui lati. Con l'inguine in bella vista, mi infilo le mani nelle mutandine trasparenti e inizio a strofinarmi, chiudendo gli occhi e sorridendo a me stessa nell'immaginarmi le loro bocche che si spalancano. La musica cambia passando a *Candy Shop* di 50 Cent e Olivia e io mi accarezzo di fronte al mio pubblico, rabbrividendo di piacere. Mi contorco sulla sedia come fosse un amante, cavalcandola come un cavallo selvaggio in un rodeo, mentre otto ragazzi mi scopano con gli occhi. Non ho mai fatto una cosa del genere prima d'ora. Non che sia una ragazza cresciuta nell'ovatta: ho vissuto circondata da ragazze che si davano al motociclista del mese. Non si poteva considerare una festa se non c'era una ragazza mezza nuda in un angolo che veniva toccata da qualcuno, bevendo birra e strillando allegra finché il ragazzo non se la trascinava in una delle stanze private. O le toglieva di dosso gli short inguinali e se la faceva davanti a tutti. Quando ho iniziato a uscire con Jack, pretendevo di andare in una stanza prima di andare oltre il petting spinto. Non avrei mai pensato di poter avere un orgasmo davanti a un pubblico.

Mi sbagliavo.

Sotto le mie dita sento delle scariche elettriche e inarco il corpo in modo esagerato. Mi manca così poco. Così poco. Ma per qualche motivo voglio assaporarmi questo momento. Rimanere in bilico sul culmine.

Mentre la canzone finisce, tiro fuori le dita dalle mutandine e me le lecco, una a una, per pulirle. Il mio piccolo numero è stato molto eccitante. Oh, sì.

Senza guardarmi indietro, mi alzo e vado con incedere impettito in camera mia.

"Per ora è tutto," dico voltandomida sopra la spalla. "Buona notte, ragazzi."

C'è un rumoreggiare di sedie. Scommetto che una bella metà dei ragazzi andrà subito nella propria stanza, o a fare una doccia.

Chiudo la porta della mia camera e mi ci appoggio, tremante. Ce l'ho fatta. Non c'è nessuna possibilità che vogliano liberarsi di me. Nemmeno Mason spingerà perché succeda.

Mi rannicchio sul letto e mi addormento distrutta come se mi avessero scopata otto volte.

*   *   *

SAINT

LA PORTA di Lincoln trema un po' mentre mi avvicino. Se voglio, posso camminare con la stessa leggerezza dell'Angelo della morte sulle case degli Israeliti. Stasera, voglio che mi sentano.

Lincoln è seduto sul letto, con le mani penzoloni tra le ginocchia, lo sguardo assente.

Mi fermo sulla soglia aperta e aspetto che alzi gli occhi. La mia ombra è arrivata a coprirgli le punte degli stivali, perciò non ci vuole molto.

"Saint." Mi fa un sorrisetto mesto e si passa la mano tra i capelli.

"Dobbiamo parlare." Se voglio, so fare una voce morbida e leggera, con un timbro alla Barry White che fluisce come miele caldo. Oppure posso arrivare ai toni più bassi del mio registro vocale, facendola somigliare al rombo pietroso di una valanga incombente. Stasera, voglio fargli tremare le ossa.

"D'accordo." Lincoln si passa la mano sul viso e si alza. "D'accordo, parliamo." Si rende conto di cosa ha fatto. Sa che si è cercato questo momento di chiarimento ed è disposto ad affrontarlo.

"Che cazzo ti è venuto in mente?" Ogni parola ha il peso

di un pugno. Lincoln sussulta, io mi sporgo verso la sua stanza ma non entro e non chiudo la porta. Se volessi, potrei chiedere a Lincoln di seguirmi in qualche posto dove possiamo parlare in privato. Ma stasera, voglio che tutti i ragazzi sentano.

"Penso che funzionerà."

"Sembra che abbia già un piede nella fossa."

"Era sola, affamata e infreddolita. Mi ha beccato fuori dal locale di striptease. Era andata a pregare Randydi farla lavorare per poter mangiare." Allarga le mani e alza la voce. "Cosa potevo fare?"

"Portarla in un centro di accoglienza. Darle qualche soldo. Questo non è un centro di recupero."

"Ci mancava poco che non si offrisse a qualunque camionista che passava di lì. Ho pensato fosse meglio portarla qui." Alza il mento. "Penso che sia in grado di fare il lavoro."

"Non è questo che avevamo concordato." Cerco di non alzare la voce. "Ne abbiamo parlato. Abbiamo bisogno di una donna adatta a farsi tipi come noi." Me lo immaginavo già il tipo di donna che avrei scelto. Una bambola dipinta, tutta plastica e trucco, che sapeva recitare la sua parte. Una donna che aveva scelto questo mestiere da molto tempo. Una bambola gonfiabile bella caramellosa, che va con gli uomini per pagarsi la prossima operazione al seno o il vizietto della coca. Non una ragazzina, che fa di tutto per sembrare audace. Non una tipa innocente, senza difese. Non una come Sierra, pallida, flessuosa e acqua e sapone come una contadinella, con nient'altro con cui difendersi se non la sua testardaggine e una lingua tagliente. "Questa ragazzina non può fare quello che serve a noi."

Lincoln scuote la testa, il suo respiro è un sibilo. "Anch'io lo pensavo, ma poi ho passato un po' di tempo con lei. Devi conoscerla meglio anche tu, Saint. È...ha una forte volontà."

"Ha una forte volontà," ripeto con sarcasmo. "Cazzo, Lincoln. Te la sei scopata."

Scuotendo la testa, Lincoln fa per voltarsi.

"L'hai scopata, cazzo." Le mie dita gli afferrano il bordo della camicia. "Ti sei approfittato di lei."

"Col cazzo che me ne sono approfittato." sbotta Lincoln girandosi. Viene verso di me, avvicinandosi finché non siamo petto contro petto e ci fissiamo, pronti a riempirci di botte. È un omone, Lincoln. Alto, bravo a fare a pugni. Chiunque altro trovandoselo davanti così se la farebbe addosso. Ma non io.

"L'ho fatta mangiare," mi ringhia in faccia. "Le ho comprato vestiti e altre cose che le servivano. L'ho protetta." I suoi occhi si spostano di lato come se volesse recuperare un ricordo. "È nei guai. Sta scappando da qualcosa."

"Ma non mi dire. Quindi hai portato qui una barbona." Il mio tono gli sta dicendo chiaramente quanto lo consideri stupido.

"Sierra non è una barbona. L'hai vista anche tu stasera."

Senza il mio consenso, il pensiero torna al suo spettacolo. La luce bianca del riflettore, il corpo esile di Sierra che si contorceva mentre arrivava sull'orlo dell'orgasmo davanti a noi. Mi era venuta voglia di andare lì, inginocchiarmi davanti a lei e farla venire. Sentire il suo calore attorno alle dita e assaporarne la dolcezza.

"Già," dico lentamente. "Non è stata da poco."

"È stata magnifica. Ammettilo. Dopo una performance così, vuoi davvero venirmi a dire che la devo riportare indietro?"

Mio malgrado, la mia mano destra si stringe. Non a pugno per far ragionare Lincoln, ma come se avessi afferrato un fantasma, un sottile angelo danzante, e mi viene voglia di aspettare per vedere se riesco ad afferrarla. A tenerla.

Vaffanculo. Voglio Sierra.

"Saint?"

"Una settimana," dico. "Ha una settimana per mostrarci cosa sa fare. Poi la rimandiamo indietro."

* * *

SIERRA

IL MIO CLITORIDE MI SVEGLIA. Sta pulsando, gonfio e arrabbiato, ricordandomi che mi sono addormentata prima di regalarmi un orgasmo. Vuole che termini ciò che avevo iniziato nella sala comune. Dopo essermi accarezzata per qualche minuto, mi alzo e vado in corridoio.

La porta confinante con la mia è aperta e mentre vi passo davanti do una sbirciatina. Due teste rosse si girano verso di me. Due gufi gemelli dagli occhi azzurri.

"Lincoln?" chiedo, e Oren indica in fondo al corridoio.

"L'ultima porta sulla destra," dice Elon. Lo ringrazio facendo l'occhiolino e mi avvicino in punta di piedi alla stanza di Lincoln. Busso rapidamente ed entro senza chiedere permesso.

Il ragazzone mette via un logoro libro tascabile, aggrottando la fronte mentre scivolo al suo fianco.

"Non voglio dormire da sola," mi accoccolo sotto le coperte vicino a lui.

Si sposta per farmi spazio, cosa che non mi va affatto. Voglio appiccicarmi a lui e adattare il mio corpo al suo, nel lettino stretto. "Hai bisogno di riposare."

Faccio un profondo sospiro.

"Non ti preoccupare" - le sue dita giocano sulle sottili rughe della mia fronte - "gli piaci già."

Faccio uno sbuffo. "Non a Mason però."

"A Mason non piace nessuno."

Siamo sdraiati fianco a fianco, con i contorni incollati insieme. Spingo il capo verso di lui.

"Sono arrapata."

Adesso è lui a sospirare. "Non preferisci aspettare? Potrebbe essere stancante doverci intrattenere tutti." Le sue dita scivolano sul mio braccio.

"No." Metto una gamba sopra una delle sue. "Ne ho bisogno."

Rotola sopra di me con il suo corpo pesante, oscurando la luce. Sorrido contro la sua maglietta, con il respiro che si fa affannato mentre i suoi bicipiti mi incorniciano il capo. Afferra un preservativo e questa volta sono io a fare gli onori di casa, arrotolandolo attorno alla sua pulsante erezione mentre il suo petto inizia ad alzarsi e abbassarsi più rapidamente. Un forte profumo di legno, di pino giovane e di segatura secca si alza intorno a noi. Quando mi infilo dentro il suo cazzo sono già ubriaca di eau de boscaiolo. Con un rantolo sommesso me lo infila dentro tutto, Il suo corpo scivola sul mio, con i muscoli che si flettono davanti ai miei occhi, gli addominali inferiori, lisci e duri come l'acciaio, si strofinano sui miei, andando a trovare il clitoride. Stringo il polpaccio sulla sua anca, premendo per aumentare il contatto, ma a parte questo, lascio che faccia lui. Abbassando la testa, mi strofino sulla ruvida pelliccia del suo petto, seguendone la traccia con le dita fino all'inguine. Il ritmo dei suoi movimenti aumenta e il mio cervello va in pappa.

"Jagger dirà che hai infranto una regola che avevi imposto tu," mormoro quando abbiamo finito, accarezzando pigramente la superficie soda della sua schiena. Lincoln: forte come una quercia, con capelli scuri folti come il manto di un animale e un intenso profumo di pino.

"Jagger capirà. Adesso taci," mi dice, ma non in modo brusco. "Devi riposarti fin che puoi."

Ma io voglio rimanere sdraiata e sveglia accanto a questo

pezzo di uomo che mi ha salvata, assorbendo ogni secondo con lui.

Le mie palpebre iniziano a chiudersi senza il mio permesso.

"Da chi stai fuggendo?" bisbiglia Lincoln. Ma è troppo tardi, sono già lontana, sotto l'incantesimo della sua voce soffusa sto scivolando nel sonno.

SIERRA

"*È* pericoloso? Il lavoro, voglio dire," chiedo al pasto successivo. Il pranzo, per i ragazzi, per me la prima colazione. Ho dormito placidamente per tutta la mattina, risvegliandomi per una folata di aria esterna quando è tornato dal primo turno di lavoro, ancora con addosso un casco protettivo giallo. Quando si toglie il copricapo, ha le tempie imperlate di sudore.

Lincoln alza le spalle. "Può esserlo."

"Lincoln è il capo più accorto di tutta la zona," mi dice Jagger con la bocca piena di chili con carne. "Forse di tutto il paese."

Alzo un sopracciglio e studio l'appena citato capo da sopra il bordo della tazza di caffè.

"Hai finito?" mi chiede lui, e quando gli faccio cenno di sì si alza e si dirige verso la porta. "Andiamo."

"Dove andate?" Elon si gira sulla sedia, agrottando le sopracciglia rossastre sulla fronte lentigginosa. Accanto a lui, suo fratello fa la stessa cosa e con la stessa, identica, espressione.

"Dal medico," Lincoln risponde per me.

"Non sono malata," ricordo loro, anche se il mio stomaco si fa sentire per il rapporto sproporzionato tra caffè e cibo buono. Appena svegliata avevo la nausea ma mangiare mi è stato d'aiuto. Tra pochi giorni mi sarò abituata a sentirmi piena. "Check-up medico. Non ci aspettate." Faccio un cenno amichevole alle due teste rosse identiche e vado quasi a sbattere contro Mason. Praticamente mi sposta da dove sono, mentre va verso il bricco del caffè mormorando: "Fa attenzione."

Non corre ancora buon sangue tra me e lui, ma non mi sembra il caso di mettersi a litigare. Mi mordo la lingua e mi affretto a uscire.

"Tutto bene tra te e Mason?" chiede Lincoln mentre salgo sul suo pick-up. L'ultima volta che ci sono stata sopra, ero distrutta e a un passo dal morire di fame. Che differenza può fare un solo giorno...

"Oh, sì. Per ora tengo duro." Mi reggo forte mentre Lincoln evita le buche peggiori sulla strada, nascondendo un sorriso. I ragazzini tirano le pietre alle ragazzine che gli piacciono. "Non mi scalfisce. Gli do qualche giorno per attizzarsi. Immagino che dovrò ballare per tutti e poi scegliere ogni sera uno di voi per l'intrattenimento... privato."

Una folta ciocca di capelli gli cade sulla fronte mentre annuisce. Gliela rimetto a posto. Si blocca a quel gesto tenero, ma non toglie le mani dal volante. Sento molta gratitudine per il mio Paul Bunyan. Questa notte ho dormito il miglior sonno da anni.

Mi chiedo che sensazione provi all'idea di condividermi con altri sette ragazzi.

Con la voce volutamente piatta gli dico: "Posso iniziare con Jagger, poi i gemelli, Roye Tommy..."

"Roy e Tommy probabilmente non vorranno altro che guardarti ballare."

"Davvero?"

Si stringe nelle spalle. "Chiediglielo, ma credo che si accontenteranno del ballo."

"Lap dance?"

Si stringe di nuovo nelle spalle.

"Okay. Glielo chiederò." Due ragazzi di meno significa che posso accontentare tutti nell'arco della settimana. "Dopo i gemelli posso farmi Saint, poi Mason e infine te." Gli guardo le mani per vedere se c'è qualche reazione, ma non si stringono sul volante. Sembra che non gli generi problemi il fatto che io devolva in giro i miei favori. "Che ne dici?"

"Mi sembra okay."

"C'è altro di cui dovrei tenere conto? Mason a parte."

Ha un attimo di esitazione, poi con un tono sommesso dice: "Saint. Pensa che tu sia troppo gracile."

Mi accarezzo la pancia, dove il pasto abbondante si sta finalmente stabilizzando. "Sì, sono minuta. Ma andrò benissimo per lui, visto che vado benissimo per te."

Lincoln fa una risata nasale.

"Ma dai. Mi stai dicendo che ce l'ha più grosso del tuo?" chiedo lanciandogli un'occhiata furbetta.

"Non posso dirlo con certezza."

"Da sempre le donne fanno dei figli. Non può avercelo più grosso della testa di un neonato." Scuote la testa e io sorrido. "Dico sul serio! Il nostro corpo è predisposto per quello."

"Non voglio pensare a una minuta come te che ha dei bambini."

"Ecco perché andiamo dal medico." Mi risistemo sul sedile mentre lui imbocca la strada vuota a due corsieche si spaccia per un'autostrada. Dopo qualche chilomtro dico: "Posso farmi Saint tranquillamente. Scommetto che potrei farmi voi due insieme senza problemi." Sorrido mentre lui sbuffa e vedo passare nei suoi occhi un luccichio di interesse.

* * *

MASON

"ATTENZIONE, TRONCO!"

UNO SCRICCHIOLIO e un lungo movimento silenzioso, il bosco vigila attento mentre un gigante cade al suolo. Il tronco si schianta a terra sollevando sporcizia. Elon, Roy, Tommy e io ci fermiamo, poi avanziamo calpestando rami e foglie che crepitano sottoi nostri stivali.

Si sente un tintinnio di catene, il rombo di un motore in lontananza. Sopra le nostre teste, gli uccelli che si sono alzati in volo strepitando vanno di nuovo a posarsi sui rami come fossero polvere. Per terra ci sono piramidi di segatura, come mucchi dorati di neve.

"Mason," urla qualcuno. È Jagger. Ride come una ragazzina, tenendo la motosega davanti a sé come fosse un gigantescocazzo metallico inerezione.

Mi volto dall'altra parte, perché lo scherzo non faceva ridere.

"Allora," dice il clown dei boschi, piazzandosi - senza che gli venga richiesto - proprio accanto a me. "Approfitterai del tuo turno?"

Io faccio un grugnito.

"Posso prendermi io la tua notte, se vuoi. Capisco che possa rodere che somigli così tanto ad Anita."

Aspetto, ma non arriva il solito bruciore al petto che provo quando sento il nome della mia ex.

"Dovevi sposarla, vero?"

"Vero." Se mi avesse aspettato. Se non fosse andata a letto con il primo tizio che mi somigliava.

Non ha significato niente. Sapevo, mentre me lo diceva, che non voleva arrivare così lontano. Voleva soltanto farmi ingelosire. A volte le cose che non fai con intenzione portano alle conseguenze più gravi. A volte le cose che non fai con intenzione prevalgono su tutto il resto. La vita può farti di questi scherzi.

Torna con me. Possiamo farla funzionare.

Quando avevamo progettato di avere dei figli, non pensavo che lei avrebbe iniziato senza di me.

L'albero successivo cade attorcigliandosi, come in un ultimo, aggraziato balletto. Tommy e io attacchiamo le catene al tronco tranciato e facciamo segno a Oren, che è sul camion ai piedi della collina. Un altro esempio di bellezza abbattuto, umiliato, trascinato nel fango. Cresciuto fino a quel punto solo per essere tagliato.

Ieri, sul pick-up di Lincoln, ho visto seduto sul sedile del passeggero il fantasma di Anita. Oggi metterà radici. Mani, corpo e voce morbidi, che avvolgeranno attorno a noi delle catene per abbatterci uno a uno.

Oppure non accadrà. Lei non è Anita. Devo cercare di non scordarmene.

La mia motosega morde un tronco cosparso di licheni, formando una nuvola di segatura. Basta un piccolo taglio per far cadere un gigante. Urlo un avvertimento e Tommy arretra mentre l'enorme latifoglie precipita giù, colpendone un altro e facendolo volare sul terreno boschivo in una pioggia di foglie e rami spezzati.

Il mio cuore dice: *Ricordatene. Non avvicinarti troppo. Non sopravviveresti alla caduta.*

Il mio cazzo dice: *Ne vale la pena.*

La mia mente dice: *Mai più.*

Il sole penetra dallo spazio prima occupato dall'albero, con i suoi raggi spessi e dorati da fine pomeriggio. Mi tolgo il casco e asciugo il sudore.

Jagger grida qualcosa dal fondo della collina, Tommy si gira per rispondergli.

Roy si fa strada tra il fogliame arrivandomi vicino. "Che succede?"

Oren si mette le mani attorno alla bocca e urla: "Finiamo presto stasera. Avremo più tempo per stare con Sierra."

Chiudo gli occhi e me la vedo. Sierra. Un pallido rifiuto umano, così magra da essere al limite della sopravvivenza. Una bellezza dalle ossa sottili, fragile come un uccellino. Non ha fatto nulla per meritarsi la punizione che infliggerò al suo corpo.

Non dovrei sfogare la mia rabbia su di lei. Non è giusto.

La mia donna - no, la mia ex donna - porta in grembo il figlio di mio fratello. La vita è ingiusta.

Avrebbe dovuto essere il tuo, Mason, ha detto. Nessun rimpianto, nessuna scusa. Solo un'accusa. Era colpa mia se litigavamo di continuo. Colpa mia se ho detto che era meglio prenderci una pausa e me ne sono andato. Colpa mia se mi sono innamorato della foresta, la mia amante. Colpa mia se la mia donna è finita nel letto di un altro.

Adesso il sole penetra nella foresta. Un lembo rotto nel baldacchino. Mi faccio strada attraverso la radura che si è formata, riparandomi gli occhi dalle gocce di luce che arrivano giù.

Mi fermo sotto il fascio di luce dorata e mi giro lentamente, al centro dei brutti squarci rimasti sul terreno. Questa distruzione soddisfa la parte più amareggiata di me. Qui, in questo luogo desolato, ho lasciato il segno.

I pini attendono al varco, pronti a crescere negli spazi lasciati vuoti. Esili virgulti finora privati di luce.

A volte, alcune cose buone devono morire perché il resto possa prosperare.

Quando stringo il pugno, l'immagine di una saetta mi salta agli occhi. Mi sono riempito la pelle di tatuaggi, per controbilanciare in bellezza le cicatrici nascoste della mia anima. Un giorno qualche donna mi chiederà forse che storia c'è scritta sul mio corpo. Un giorno incontrerò forse qualcuna che meriterà di conoscerla.

Fino a quel momento, ci sarà Sierra. Un corpo caldo sul quale sfogare la mia vendetta. Prenderà il mio odio e la mia sborra e quando avrò finito, sarà come uno straccetto usato da appallottolare e buttare via. Senza sentimento. Senza rimorso.

"La minestra è sul fuoco." Tommy si toglie il casco. "Vieni?"

"Tra un attimo."

Mi accovaccio e tiro fuori la foto dalla tasca posteriore dei calzoni. Se i ragazzi mi vedessero, mi prenderebbero per una mezza sega. Il volto di Anita, appena sulla destra di uno strappo. Nel resto dell'immagine c'era il mio volto. Quella parte strappata è già nella spazzatura.

Osservo la bellezza dorata di Anita e aspetto che mi arrivi la solita pugnalata al petto. Niente. Non provo niente. Il volto di Anita prima era come una lama d'oro fatta per scavare nelle mie viscere. Si vede che non è più così affilata, così come non lo è più il mio dolore.

Anita sta con mio fratello, adesso. Sarà lui a renderla felice. È sua.

Sierra è mia.

Lascio la metà di foto sul tronco. Sopra di esso vi sono alcune schegge sporgenti, quella in mezzo sembra un dito medio, l'ultimo saluto dell'albero.

* * *

SIERRA

. . .

SANGUE. *Nel buio, il liquido ha il colore della notte mentre si sparge sul letto. Quanto sangue ha il corpo umano... Premo la carne fredda, come se potessi farne rientrare un po'.*

Nelle orecchie mi risuona l'eco del colpo di pistola, la mia voce sembra giungere da lontano. "Jack? Jack?"

Il rombo di voci, di marmitte di motocicletta. Corro in bagno e ho dei conati sul lavandino, non mi esce niente. Puzza già di vomito dall'ultima volta che sono stata qui. Una vita fa. Quando alzo la testa e mi guardo allo specchio vedo due occhi vuoti che mi fissano.

"Jack," bisbiglio. Troppo tardi. Jack è morto.

Per colpa mia.

Dal corridoio arriva il calpestio di stivali e io indietreggio, lasciando impronte rosse accanto al lavandino. Mi rannicchio nella vasca, coprendomi la bocca con le mani insanguinate per non gridare. Si sentono bestemmie echeggiare nella casa. Il rombo delle marmitte delle motociclette squarcia l'aria. Altri uomini picchiano forte sulla porta, entrano. La casa è piena di uomini, che bestemmiando si dicono quello che io già so. Jack è morto, dissanguato sul letto, colpito in pieno petto.

"Dov'è la sua puttanella? Quella secca come un chiodo..." Dei passi si avvicinano alla porta del bagno. Mi rannicchio sotto il rubinetto, magra abbastanza da stare dietro la tenda accartocciata della doccia, magra abbastanza da potermi nascondere.

"Maledetta puttana. È stata lei..."

"La troveremo. La troia non può essere andata lontano..."

Le voci si allontanano. Mi alzo, un fantasma in abiti insanguinati. Le mie mani rosse cercano incerte la finestra semiaperta. Infilo un piede in un angolo e trovo un altro punto di appoggio sul portasapone, una sporgenza sufficiente per potermi sollevare e passare contorcendomi dal varco della finestra.

Quando colpisco il suolo barcollo. Il cortile anteriore è pieno di moto e di uomini infuriati. Strisciando lungo il muro, mi avvicino al cortile sul retro, dove il carbone arde ancora nel fuoco. Il mio

zaino è accanto a un portarifiuti pieno di bottiglie di birra vuote,
dove l'ho lasciato un'ora - una vita - fa. L'ultima volta che l'ho
toccato, Jack era ancora vivo. Ora ho le mani imbrattate del suo
sangue.

Afferro lo zaino e fuggo via nella notte.

"Sierra?"

Mi sveglio di soprassalto e mi giro con gli occhi spalancati a guardare Lincoln. Ha l'espressione accigliata, mentre con la mano mi scosta i capelli dalla fronte. Sembra sul punto di chiedermi qualcosa, ma tutto ciò che dice è: "Siamo quasi arrivati dal medico."

Mi raddrizzo sul sedile, sfregandomi il viso per asciugare il sudore freddo. Se solo potessi liberarmi così facilmente anche dai miei incubi...

Davanti a noi scorrono piccoli centri commerciali dimessi. Questa città è più grande di quella dove Lincoln mi ha raccattata, ma non di molto. L'insegna di un grande magazzino attira la mia attenzione. "Abbiamo tempo per fermarci?"

"Abbiamo qualche minuto."

Mi fa scendere e io vado in fretta a prendere quello che mi serve, arrivando alla cassa proprio mentre lui entra. Vedo l'eccitazione accendersi nei suoi occhi quando vede cosa ho comprato. Come nella nostra prima incursione di shopping, insiste per pagare lui. La cassiera ci guarda sorniona sorridendo, come se fossimo due sposini novelli.

"Ci vieni spesso in città?" chiedo quando torniamo sul pick-up.

"Una volta alla settimana o anche meno, per fare provviste. Di solito va Saint. È lui che fa gli ordini." La sua grande mano si sposta sul mio ginocchio, mentre siamo fermi al semaforo. Me lo stringe, delicatamente. "Se hai bisogno di qualcosa, chiedi a me."

Dal medico, sono seduta nell'ambulatorio, nuda sotto un

lenzuolo di carta, scalciando come se avessi dieci anni. Mi sento invincibile, o perlomeno abbastanza sana da passare una visita medica. Incredibile cosa non possa fare all'umore una giusta quantità di cibo.

Mi siedo, mi alzo in piedi, porgo il braccio per farmi misurare la pressione, vado in un piccolo bagno per fare la pipì in un contenitore, faccio tutto quello che l'infermiera mi chiede di fare.

Sto già riprendendo peso, si vede soprattutto dal seno. Mi pizzico una tetta soddisfatta e sussulto. I miei capezzoli sono morbidi. Devo essere vicina al ciclo. È già un po' che non mi viene, probabilmente a causa della scarsità di cibo.

Entra il medico, un tipo gentile di quelli vecchio stampo, che probabilmente fa il medico condotto in questa cittadina da un secolo, e io mi raddrizzo a sedere. Il momento del grande esame è arrivato. So che lo supererò. Mi darà una ricetta per la pillola e un documento che dice che sono pulita. Chiederò al medico di firmare in triplice copia, perché Mason non pensi che sia un falso.

"Dovrebbe cortesemente infilare qui i piedi" - il medico fa cenno alle staffe - e poi spingersi in avanti fino al bordo del lettino."

Faccio come mi dice, arrossendo per la posizione così esposta. C'è una macchia su un pannello del soffitto, che somiglia alla baia di Hudson. La fisso con lo sguardo mentre rispondo alle domande sulla mia storia sessuale. Non ci vuole molto, prima di Jack ero vergine, e lui prima di me non aveva avuto molte ragazze. Abbiamo evitato il preservativo qualche volta quando eravamo ubriachi, ma siamo stati piuttosto attenti.

L'orologio sul muro segna quasi le quattro. Tra poche ore, sarò di nuovo sdraiata con le gambe aperte, e verrò pagata per questo. Ops, non ci devo pensare. Non voglio che il medico creda di avermi fatta eccitare.

"Bene." Si infila i guanti facendoli schioccare. "Diamo un'occhiata qui. Mi accerterò che lei sia sana e poi controllerò il bambino." Mi fa un sorriso da nonno, con un luccichio negli occhi.

"Okay," rispondo, poi scuoto la testa. "Un attimo, che bambino?"

"Il bambino." Il medico indica la mia pancia. "Non sapeva di essere incinta?"

* * *

"TUTTO BENE?" Lincoln aggrotta le sopracciglia mentre percorre la strada di montagna segnata da solchi profondi. Quando sono uscita dalla visita mi ha guardata in faccia e non ha detto niente. Gli ho passato il certificato medico che diceva che non avevo nessuna malattia. Non gli ho mostrato l'altro foglio, quello che diceva cosa sarebbe successo tra trentuno settimane.

Un bambino. La nausea, le ossa rotte, adesso hanno un senso. La mia strana malattia non è una malattia, ma la semplice nausea mattutina. La stanchezza, anche questo è normale. C'è qualcosa che sta crescendo dentro di me. *Un figlio.*

Fanculo.

Com'è potuto succedere? Voglio dire, lo so com'è successo. Io e Jack eravamo giovani, arrapati e stupidi. Con il tempo, avrei anche potuto amarlo. Forse. Non ho avuto modo di analizzare i sentimenti che provavo per lui, sulla scia degli avvenimenti che hanno determinato la sua morte. La sua vita si è conclusa un mesefa, e così è stato per la mia. Sono una morta che cammina.

Il medico è stato gentile; si è subito accorto di quanto mi avesse scioccata la notizia. Mi ha chiesto se volevo parlare delle opzioni che avevo, e gli ho quasi riso in faccia. Una futura madre single con una temporanea occupazione da prostituta? Che opzioni potevo avere?

Ha iniziato a dire: "Non è troppo tardi per…"

Ho alzato la mano. "No," mi è uscito fuori con voce gracchiante. "Quello no." Esistono pillole o procedimenti per risolvere il mio problema. Non biasimerei nessuna donna che ne facesse uso. Ma io sono figlia di una madre single. Ventun anni fa sono stata un peso e un inconveniente. Se la sarebbe cavata molto meglio senza di me, ma non diede retta a nessuno. "Tutti dicevano a mia madre di abortire, quando era incinta di me. Ma lei non li ha ascoltati." La mia voce si è spenta in un sussurro. "Anch'io terrò il bambino."

"D'accordo," ha detto il medico con gentilezza. "Vuole sentire il battito del cuore?"

"C'è già un battito del cuore?" Ho detto con una voce stridula, che sembrava arrivare da lontano.

Lui ha annuito. E così, di colpo, la mia vita ha preso una brusca svolta, proprio sopra le cascate del Niagara.

"Sierra?" mi fa Lincoln. Il pick-up prende una buca, facendomi sobbalzare dalla posa da *Pensatrice* che avevo assunto.

"Sì," rispondo tremante. "Tutto bene."

Stringe le labbra. Non sono stata molto convincente.

"Sì, sto bene," riprovo a dire. Devo bluffare. Non posso mettere a repentaglio l'unica cosa buona che ho per le mani. Sette cose buone, se non contiamo Mason. "È che mi fa sempre unostrano effetto andare dal medico. E ci devo tornare tra circa un mese. Per la faccenda della pillola," gli spiego. Il viso di Lincoln rimane impassibile. "Pagherò di tasca mia."

"Non ce n'è bisogno. Io e i ragazzi lo abbiamo deciso. Copriremo tutti insieme il costo. Benefit compreso nell'impiego."

"Okay." Non vogliono rischiare che rimanga incinta.

Troppo tardi. Mi sale in gola una risata isterica. La soffoco prima che esca.

Avrò un figlio.

Me ne rimango zitta per il resto del viaggio e Lincoln rispetta il mio silenzio.

Entriamo nel cortile. Ci sono Saint e Mason, che chiacchierano davanti al radiatore di un camion. Smettono di parlare mentre passiamo loro accanto lanciandomi rispettivamente uno sguardo vuoto e uno ostile.

Ho la mano sulla maniglia della portiera. Vorrei andarmene a letto e non scendere mai più, nemmeno tra trentuno settimane, nemmeno per andare in ospedale, mai più. Sento male dappertutto come se mi avessero picchiata.

Lincoln parcheggia e mi prende la mano, prima che io scenda. "Sierra... non devi fare niente che non ti senti di fare."

Crede che abbia dei ripensamenti. Non ha idea di come sono fottuta, letteralmente e metaforicamente. "Lo so."

Si porta la mano alla bocca e la bacia. Com'è dolce.

Non gli dico che farò di tutto e di più finché me la sento. Ho bisogno di denaro. Ho bisogno di tutto quello che potrò guadagnare perché io e mio figlio possiamo sopravvivere.

Elon sta spazzando la sala mensa quando entriamo.

"Tutto bene?" chiede.

Mi sforzo di sorridergli e alzo il pollice mentre vado dritta nella mia stanza. Dietro la porta chiusa, mi alzo la maglietta e mi guardo la pancia. È ancora piuttosto piatta. Non si vedono segni della vita che vi sta crescendo dentro, ma quando mi siedo sul letto le molle cigolano, come se la notizia avesse già appesantito la mia corporatura minuta.

"Oh, piccolo," sussurro. "Come farò?"

Tipico di Jack mettermi incinta e schiodare, lasciandomi sola ad affrontare le conseguenze. *Come fanno tutti gli uomini,* avrebbe detto Lynny. Anche se la sua mancanza di fiducia non le ha mai impedito di fare qualunque cosa per trovarne uno. Un motociclista sbrindellato dopo l'altro, l'ultimo sempre peggio del precedente. Finché non è morta lasciandomi a dover badare a me stessa da sola. Mi sono aggrappata al primo uomo che mi si è parato davanti ed è andata a finire così.

Ripeti dopo di me: non fidarti degli uomini. Nemmeno dei boscaioli giganti appostati fuori dalla mia porta, a chiedersi se dovrebbero bussare per verificare che io stia bene. Userò loro e i loro soldi. Prima che il bambino nasca, mi sarò rifatta una nuova vita.

Ma prima di tutto devo assicurarmi di non perdere questo lavoro. Sbatterebbero in mezzo a una strada una donna incinta? Lincoln non lo farebbe, ma una pacca sulla spalla e accompagnarmi alla prima fermata dell'autobus dandomi qualche soldo equivarrebbe alla stessa cosa.

Ho davanti a me forse ancora tre o quattro mesi prima che i ragazzi se ne accorgano. Sto mangiando di più, penseranno che sto ingrassando perché sono in buona salute. Fa abbastanza freddo perché non si stupiscano se indosserò sempre felpe e maglioni. Ho comprato alcune paia di legging spessi che si adatteranno.

Quanto alla nausea mattutina, il medico ha detto che potrebbe sparire quando arrivo al secondo trimestre. Quindi tra poche settimane. Per fortuna, nessuno si aspetta che io sia "attiva" prima di cena. Posso starmene in camera mia dicendo che non sono una mattiniera.

La notte sarò a disposizione dei ragazzi. E dimostrerò loro che valgo tutti i soldi che spendono. Tutto quello che faccio dovrà servire a mantenere me e il bambino finché non troverò un altro posto dove approdare. Forse potrei prendere un autobus e dirigermi a sud. Rivolgermi a una delle amiche delle superiori o a un'amica di Lynny. Magari conoscono qualcuno con cui potrei andare a vivere, in un posto dove gli Hell Riders non mi verrebbero mai a cercare. Forse-Dexavrà posto fine alle ricerche per allora.

Come no, e magari Saint si offrirà di fare da babysitter e i gemelli faranno un completino a maglia per il bambino. Non posso permettermi di pensare che le cose migliorino. Farei meglio a trattenere il respiro finché Mason non mi fa un sorriso.

Non ho proprio idea di come cazzo farò. Il futuro mi sembra lontano, come un mostro che incombe su di me, una catastrofe troppo grande per riuscire a comprenderla, che supera la mia attualissima e realistica paura degli Hell Riders. Se quelli del moto club mi trovano, non avrò bisogno di preoccuparmi di essere una madre single. Mi ammazzeranno per quello che è successo a Jack.

Non ci pensare. Mi aggrappo al copriletto e respiro profondamente per non mettermi a vomitare dalla paura. *Non pensare affatto.*

Mi metto su a sedere strofinandomi la pancia. È ora di indossare il mio abbigliamento da zoccola e lasciare a bocca aperta i miei clienti abituali. Perlomeno potrò mangiare bene fino alla fine della stagione, o fino a che i ragazzi scoprono il mio segreto e mi cacciano. Qualunque delle due cose accada prima.

SIERRA

*a*rrivo alla sala mensa con passo spavaldo. "Sana come un pesce, ragazzi!" Jagger esulta e dà il cinque a uno dei gemelli.

"Siete stati via a lungo," dice Mason.

"Se speravi che avessi qualche terribile malattia, mi spiace deluderti. Il medico ha solo dovuto sprecare un po' più di tempo per esaminare le corna che ho sulla testa." Faccio un sorriso dolce. I gemelli sghignazzano. Mason scuote la testa e distoglie lo sguardo.

"Vieni qui, piccola." Jagger mi tira e mi prende sulle ginocchia. Faccio scivolare le mani bianche sulle sue braccia tutte tatuate, strusciandomi su di lui. "Come ci organizziamo?" Sento il suo cazzo ingrossato sotto i jeans. Lo sfioro con le dita mentre fingo di pensare all'agenda che io e Lincoln abbiamo stabilito. L'ordine gerarchico. La gerarchia degli uccelli. Eh.

"Che ne dici se stasera ti faccio uno spettacolino?"

"Sei pronta per quello?"

"Oh sì," dico facendo la gatta, poi mi chino per sussurrargli nell'orecchio, mentre trafiggo Mason con lo sguardo. "Sono già all'opera."

* * *

Ho la bocca secca quando entro nella grande sala comune. Le sedie raschiano quando i ragazzi si girano. Con la luce che mi colpisce in pieno viso non posso vedere le loro espressioni, ma le posso immaginare. I gemelli che rimangono a bocca aperta contemporaneamente. Jagger che fischia, un fischio che fende l'aria. Roy e Tommy stanno facendo le pulizie in cucina, ma scommetto che faranno una pausa e arriveranno sulla soglia per vedere lo spettacolo. Lincoln e Saint faranno gli indifferenti, anche se avranno gli occhi libidinosi. Mason sogghignerà, ma non mi toglierà gli occhi di dosso.

Arrivo con camminata sicura sul palco improvvisato dall'alto del mio tacco dieci, le scarpe più alte che sono riuscita a trovare. Sono contenta di aver avuto la previdenza di far fermare Lincoln in un grande magazzino prima dell'appuntamento dal medico. Una guepière bianca mi avvolge il seno e la vita, terminando proprio sopra il reggicalze che indosso. Le bretelle del reggicalze incorniciano la mia fica e un perizoma quasi inesistente, tenendo su le calze bianche trasparenti. Sembro una sposina alla prima notte di nozze, dolce e pura, vestita di bianco dalla testa alle caviglie.

La musica inizia. *Like a Virgin* di Madonna. Jagger ha senso dell'umorismo e un iPod ben rifornito. Ha promesso che mi lascerà comporre una playlist di musica dance più avanti. Magari stasera, dopo che me lo sarò scopato.

Mi lecco le labbra mentre ondeggio, sentendo il sapore del rossetto. L'unica nota di colore su di me: le mie labbra rossissime. Rosse come la mela che ha tentato Eva.

Mezza accecata dai faretti, ballo attorno al tavolo. Le

sedie cigolano mentre i ragazzi si girano a guardare. Molte mani si allungano per toccarmi. Con la coda dell'occhio, vedo Mason guardarmi torvo. Mi allontano, un angelo, una visione, un sogno bagnato. Nella stanza l'eccitazione cresce, in un effluvio di segatura e di sudore.

La canzone cambia. *Born to Fuck*, il mio bacino scandisce il titolo e non sta mentendo. Mi struscio su Saint e gli prendo la mano, tenendomi in equilibrio mentre uso la sua sedia per salire sul tavolo. Vado carponi verso Lincoln, seduto a capotavola. Varie mani arrivano sul mio corpo, aiutandomi ad alzarmi in piedi. Mentre scuoto velocemente i fianchi faccio il labiale delle parole di *Satisfaction* di Benassi. Delle mani salgono su dalle mie cosce e io le guido a far scivolare il perizoma giù dalle gambe. Scendo giù e faccio la lap dance a tutti quelli che la vogliono. Roy e Tommy mi fanno segno di andare oltre e Mason si rifiuta di staccare le braccia incrociate dal petto. Passo un po' più di tempo a sventolargli il culo sulla faccia, giusto per ottenere una reazione.

Il numero termina con me seduta cavalcioni in grembo a Jagger.

"Andiamo nella tua stanza?" gli sussurro mentre mi solleva senza la minima esitazione. Chiudiamo la porta della sua stanza sbattendola e ci buttiamo ridacchiando sul letto.

"Sierra, finalmente soli."

Alzo gli occhi al cielo, ma va bene così con Jagger, con le sue battute scontate e le affermazioni aberranti. È la scelta perfetta per la scopata di stasera. Se non altro, è troppo impegnato a mettersi in mostra per guardarmi da vicino, per sbirciare sotto il mio sorriso di plastica. Stasera sto proprio recitando, con la mia *mise* da candida verginella e il rossetto da femme fatale, e Jagger è il pubblico perfetto per la mia performance.

Prende l'iPod e mette su *Closer* di Nine Inch Nails. "Vieni qui."

Striscio sul letto con atteggiamento da maiala e mi inginocchio tra le sue gambe, agguantando la cerniera dei suoi jeans.

"Cazzo quanto sei eccitante," mi dice mentre gli afferro l'uccello e inizio a giocarci, avvolgendoci la mano attorno e accarezzandolo. Con un gemito si lascia andare contro i cuscini che rivestono la testiera. Afferro un preservativo e glielo avvolgo rapidamente sopra, per infilarmelo subito in bocca. Muovo la testa a ritmo di musica. Jagger respira sibilando tra i denti e tende il bacino. Quando chiude gli occhi, sorrido a me stessa. Stanotte sarà facile. Per fortuna, perché mi sento strizzata come una spugna vecchia, con il petto stretto dal pianto trattenuto. Magari Jagger verrà in fretta e si addormenterà subito dopo e io potrò sfogare le mie lacrime sotto la doccia.

Lo succhio incavando le guance, come se la mia vita dipendesse dall'ingoiare lo sperma di Jagger. Lui stringe le lenzuola gemendo, con il corpo teso come se lo avessero crocefisso.

Inizia una nuova canzone, la cover di Marilyn Manson di*Personal Jesus*. Muovo la testa su e giù a ritmo raddoppiato.

"Uh, uh." Jagger mi afferra le spalle. "Non così forte."

Rallento, ma lui mi solleva, tirandomi sopra di sé. Lo lascio fare mentre mi prende e inverte la nostra posizione rispetto a prima. Inginocchiato davanti a me, si sfila la maglia e la lancia via. I suoi addominali cesellati si allungano e si flettono, lasciandomi senza fiato. Un angolo della sua bocca si solleva mentre si avvicina di nuovo, con ciocche di capelli biondi che gli ricadono sul viso, stretto e con la barba ispida. Ha le ciglia bionde, lunghe come quelle di una ragazza. Sbatto le palpebre stupita mentre si sistema tra le mie gambe.

"Co-cosa stai facendo?" gli chiedo.

Jagger sta armeggiando con le bretelle della mia giarrettiera. "Sei pulita, no? Perciò ti voglio assaggiare."

"Questo… questo…"

"Shhh." Mi strizza il culo. "Tu pensa solo a rilassarti."

"Certo, sicuro. Okay." Chiudo gli occhi e tutti i miei problemi mi scorrono davanti agli occhi. Sono al verde, non ho una casa, il mio ragazzo è morto e sono in fuga. E presto sarò una madre single. *Come no, Jagger, certo che mi rilasso.*

La lingua di Jagger tocca un punto che mi procura un profondo spasmo.

Lui mi respira dentro alla fica e io faccio uno scatto indietro così forte che con la testa colpisco la testiera del letto. Cazzo. Il nuovo soprannome di Jagger sarà 'Giraffa' perché, ragazzi, ha una lingua impressionante.

"E tu?" dico ansimante, mentre mi spingo per premere di più la fica sulla sua faccia. Mi divincolo per mettermi in posizione del sessantanove, fino a che riesco a infilarmi in bocca il suo cazzo. Spinge piano, gemendo nella mia fica. Le sue dita si piantano sui miei fianchi, saldandosi alla mia pelle, tenendomi ferma mentre si muove avanti e indietro verso di me.

"Oooh, Jagger." Stacco la bocca da lui abbastanza a lungo da fare dei suoni incomprensibili. La sua lingua riesce a fare cose indicibili e all'improvviso mi ritrovo a parlare una lingua che non esiste.

"Shhhh." Strofina il naso su di me. Io emetto ancora qualche suono balbettante.

La sua testa biondastra affonda su di me e la sua lingua si strofina su una parte del mio corpo che è eccitata dalla libidine. Adesso è il mio turno di respirare sibilando e aggrapparmi alle lenzuola. La sua lingua sembra ingigantirsi, entrare più in profondità, strofinarmi le pareti interne trasformando la sensazione vertiginosa che provo dentro in un vortice che minaccia di farmi a pezzi.

"Jagger, oh… cazzo." Mi divincolo dalla sua presa. Lui mi inchioda giù e continua a leccarmi. Un profondo mugolio vibra contro la mia fichetta: sta godendo tanto quanto me, forse persino di più.

È lui il cliente. Ricordo a me stessa. *Resta giù e pensa al baseball. No, non a quello, non ritardare il tuo orgasmo. Non sarebbe gentile. Pensa a Mason, immaginati lui. No, non Mason, non lui.*

Le mie membra si contorcono, come se volessero arrivare a qualcosa che non riescono a raggiungere. La lingua di Jagger va a cercare il clitoride e le mie gambe iniziano a tremare. Non posso più pensare a niente. La lunga, sottile corda del piacere vibra sempre più veloce, diffondendosi in tutto il mio corpo. Lo scuote. Ho scatti convulsi, con le gambe che schizzano così forte contro la testa di Jagger che quasi gliela stacco. Lui ride direttamente nella mia fessura. *Cazzo.* Mi sforzo di liberarmi e mi accascio sul fianco.

Lui si alza asciugandosi il mento, mi apre le ginocchia e mi penetra.

I miei muscoli si contraggono attorno al suo sesso, tendendosi e allentandosi mentre le ondate dell'orgasmo mi attraversano tutta. Lui mi pianta il braccio abbronzato accanto alla testa, mi solleva le gambe sulle spalle e inizia a sbattermi forte. Stringo i denti e tengo duro, cavalcando le ultime onde dell'orgasmo e finendo dritta in un altro.

Jagger lo tira fuori, mi mette a quattro zampe e inizia a pomparmi da dietro. Io urlo, agitando le braccia. Perdo l'equilibrio e cado di faccia. Jagger continua a pomparmi imperterrito. Tutta la mia parte inferiore diventa sensibilissima, le dita dei piedi si contraggono e sento il culo e il retro delle coscie scaldati dal suo corpo che sbatte contro il mio. Un terzo orgasmo mi coglie di sorpresa e mi sciolgo completamente.

"Cazzo, Sierra, cazzo," ansima Jagger. Mi penetra fino alle reni con un ultimo gemito. Mi guardo attorno nella stanza disordinata, meravigliandomi che l'edificio sia ancora in piedi. Ogni orgasmo ha messo a soqquadro il mio mondo.

Il sospiro di Jagger riecheggia dentro di me.

"È stato..." Ho la sensazione che la lingua sia troppo grande per la bocca. "Incredibile."

"Ho preso una pillola," borbotta Jagger, sbavando semisvenuto sul cuscino.

"Cazzo," gli dico, e lui si mette a ridere come aveva fatto Lincoln quando abbiamo scopato la prima volta. Sorpreso, e con gioia.

* * *

MI RISVEGLIO al rumore della pioggia battente, una cascata che scorre veloce fuori dalla finestra.

Alzo la testa, devo essermi addormentata come un bambino. Non c'è da sorprendersi, con la giornata che ho avuto.

Jagger sta dormendo accanto a me, con le membra abbronzate abbandonate sul letto. Nell'ombra, il suo viso è perfetto, incorniciato da riccioli angelici. Ha un'aria dolce, che fa voglia di coccolarlo, ma non vedo l'ora di lasciare il suo letto. Non sono qui per coccolare, sono qui per scopare. Mentre lascio la stanza penso: *uno è andato, me ne restano altri sette.*

La zona giorno è buia. Indugio nel corridoio per cogliere segni di vita, ma è tardi e questa è gente che lavora sodo tutto il giorno. Dormiranno tutti. Ho bisogno di ripulirmi dalla sborra, dal sudore e dal ricordo e poi ficcarmi a letto, da sola. Lincoln non mi scaccerebbe se andassi da lui, ma non posso, non stasera. Non con tutti questi segreti che mi premono nel petto.

Qualcosa mi spinge ad andare oltre il tavolo dove mi esibisco la sera, oltre la cucina e fuori dalla porta. Al di là della sporgenza del tetto, le pozzanghere fangose sono diventate dei laghi. Oltre il cortile, la foresta trema di pioggia. Rimango in quello spazio tra l'edificio e la cortina d'acqua che si rovescia dalla grondaia aspirando l'aria pulita a pieni polmoni.

Non so cos'abbia in serbo il futuro per me. Ma so che se sopravvivrò a tutto questo, se terminerò il lavoro e avrò il bambino, non farò mai più sesso in vita mia. Giuro che allontanerò per sempre gli uomini dalla mia vita. Lynny aveva ragione, portano solo guai. E a differenza di lei, non continuerò a sperare di trovare quello giusto. Mia madre ha sprecato troppi anni passando da un uomo all'altro, per trovare quello che ci avrebbe dato sicurezza, aiutato e che l'avrebbe trattata bene. Non è mai successo. È morta tre anni fa, e io ho seguito le sue orme fallimentari: sono finita tra le braccia di Jack, convinta che si sarebbe preso cura di me.

E adesso sono nelle baracche dei boscaioli, circondata da uomini. Ho qualche mese a disposizione per guadagnarmi un po' di soldi e nascondermi dagli Hell Riders, finché non riuscirò a sfuggire loro per sempre. Ma dopo questa esperienza ho chiuso: non toccherò e non mi fiderò mai più di nessun ragazzo. Interromperò il ciclo prima che nasca mio figlio.

Una piccola macchia luminosa rompe il buio, la vedo rilucere con la coda dell'occhio. Un occhietto luminoso, la punta di una sigaretta accesa. Colta di sorpresa mi appiattisco contro il muro e vedo Mason emergere dall'ombra. Anche lui mi vede e si ferma, per un breve attimo sembra incerto.

Mi volto dall'altra parte e mi asciugo gli occhi, risistemandomi i capelli. Potrà pensare che sia stata la pioggia a bagnarmi il viso. Oppure no. In realtà non me ne frega niente.

Fa per avvicinarsi e io alzo una mano per fermarlo, non voglio la sua pietà.

Mi offre un tiro della sigaretta. Io scuoto la testa e mi allontano, andando verso il lato opposto dell'edificio. Sento i suoi occhi su di me mentre finisce tranquillamente la sigaretta. Alla fine torna dentro, lasciandomi fuori da sola sotto la pioggia.

* * *

"COME VOLETE CHE LO FACCIAMO, ALLORA?" chiedo a Elon e Oren. Sono tutti e due in piedi tra me e la porta, due monoliti con i capelli rossi e la stessa espressione, eccitata ma incerta, in viso. Pochi minuti prima, ero sul tavolo a ballare per tutta la congrega. Ho preso uno dei gemelli per mano e mi sono avviata verso la sua camera. Non sapevo che anche l'altro ci avrebbe seguiti. "Questa è la camera di entrambi, giusto?" Lo spazio è ordinato ma maldestramente arredato, con i mobili sistemati alla cazzo di cane attorno a due lettini identici accostati al centro della stanza. "Questo è il vostro letto?"

"Condividiamo lo stesso letto," dicono contemporaneamente.

"Ah… okay." Mi sento come una piccola creatura dei boschi che corre frenetica ai piedi di due grosse querce rosse, così smetto di guardarli. Lo spogliarello di stasera ha previsto perizoma e reggiseno neri sotto una delle camicie da lavoro di Lincoln. Dai pezzi di legno che ho visto alzarsi da sotto il tavolo, il mio travestimento da Jane della foresta è stato un successo. Durante la performance mi sono liberata di camicia e reggiseno, ma ho tenuto il perizoma. Adesso sto infilando le dita sotto i bordini laterali, pronta a sfilarmelo.

"No, lascia che lo faccia io." Uno dei due gemelli si inginocchia davanti a me. Faccio un rapido sospiro mentre aggancia la strisciolina sottile tra i suoi grossi pollici e gli indici e mi leva il minuscolo pezzo di stoffa. Vedere un uomo così potente fare un gesto tanto delicato fa breccia nel mio cuore e quando solleva la testa fissandomi con i suoi occhioni azzurri rimango senza fiato.

"Sierra? Cosa vuoi che facciamo?"

So esattamente cosa voglio, ma riesco a malapena a tirar fuori la voce per dirlo. "Spogliatevi."

Le due immagini speculari si danno da fare per obbedire, tirando giù maniche per mostrare avambracci muscolosi, togliendosi magliette intime mentre le ombre si increspano sulla perfezione assurda dei loro petti e degli addominali. La mia bocca si secca quando tutti i liquidi del mio corpo vanno a concentrarsi in mezzo alle gambe.

Alla fine, rimangono nudi davanti a me, un'immagine speculare di barbe rosse selvagge e di occhi azzurri eccitati. Le loro mani si muovono per aria imbarazzate. L'uccello di Oren punta a sinistra, quello di Elon a destra.

Faccio una risatina tipo Jagger.

"Okay. Bene. Preservativi." Mentre i ragazzi armeggiano per sistemarseli, indietreggio finché le cosce arrivano a toccare il letto e mi ci siedo sopra stando attenta a nonfinire sul divisorio di questo letto matrimoniale improvvisato. Indico uno dei due a caso.

"Prima mi prendi tu mentre lui guarda, e poi vi date il cambio."

Poi vi masturbate uno davanti all'altro e io vi guarderò, aggiungo tra me e me. Tanto vale soddisfare tutti i desideri segreti della mia lista, prima di chiudere con il sesso per sempre.

I due annuiscono e io mi inginocchio davanti a loro. "Prima questo però," sussurro, chiudendo le mani attorno ai loro uccelli. Uno dei due sussulta leggermente quando le mie dita lo stringono, stessa reazione del secondo, con qualche istante di ritardo. *Un uccello in mano è meglio di due liberi nella boscaglia, recita il proverbio. O qualcosa del genere.*

Sposto la testa a sinistra, poi a destra, succhiando leggermente le punte mentre i rispettivi proprietari perdono il respiro sopra di me. *Due teste sono meglio di una.* Faccio una risatina sotto i baffi e il cazzo che tira a sinistra sussulta, pulsando leggermente. Oren fa un passo indietro.

Sierra, vacci piano.

"Venite sul letto. Qui." Mi alzo in piedi e allontano i due lettini perché i due possano sedersi uno di fronte all'altro. Li faccio sistemare come volevo e mi inginocchio in mezzo a loro, tenendoli tutti e due a portata di mano mentre succhio un po' uno e un po' l'altro. "Rilassati," dico, sentendo che le cosce di Elon si tendono. Hanno le gambe e il petto coperti di peli rossastri e di lentiggini. "Ti piace così?" faccio girare il suo cazzo nella mia bocca. Lui apre la sua, ma non riesce a dire niente. Le loro palle si stanno già stringendo. Questa cosa non durerà a lungo.

Mi alzo di scatto, spingo Oren giù sul letto e mi metto a cavalcioni su di lui, infilandomelo dentro. Allo stesso tempo, con la mano mi porto in bocca l'asta di Elon. Nello stesso istante in cui i loro cazzi entrano nelle mie parti umide ed eccitate, esplodono. Gemo attorno al cazzo di Elon, godendo delle sue imprecazioni soffocate e delle spinte violente che mi arrivano dal letto. Oren alza il petto chinandosi verso di me, mormorando tra i miei capelli. Io raddrizzo la schiena lentamente e mi lecco le labbra mentre sorrido. "Ancora?"

* * *

TRE SERE dopo la mia vita è entrata nel ritmo, un facile avanti e indietro con la colonna sonora di voci maschili e di macchinari pesanti. Dormo tutto il giorno e riemergo la sera, a ridere, parlare e intrattenere i ragazzi finché arriva l'ora di sgombrare il tavolo per il mio spettacolo.

Io e Jagger prepariamo elaborate playlist con tutto quello che esiste di Nicki Minajfino ai lenti degli anni '80. Ho cercato di capire i gusti musicali di tutti i ragazzi e quando tocca a loro, ballo le loro canzoni preferite. Oppure scelgo delle canzoni che mi fanno pensare a loro. *Booty Shorts* di Gucci Mane e *Lady Marmalade*per Saint. *The Man* dei Killers, *Girl Money* deiKixe*Yankin*di Lady per Lincoln.

Elon e Oren: *Identical Twins* di Crumbächere *Who Can It Be Now?* dei Men at Work.

*Attention*di Charlie Puthper Jagger. Così come *You Can't Always Get What You Want*deiRolling Stones e, naturalmente, *Moves Like Jagger* dei Maroon 5. Mentre suonava quest'ultima si è alzato e ha ballato con me.

Lincoln aveva ragione su Roy e Tommy: sono entrambi perfettamente educati, ma si astengono dalle notti con me ed evitano qualsiasi tentativo di lap dance io voglia fare. Due ragazzi in meno da fottere, sono così grata che dedico loro una performance a tema gastronomico: *Cherry Pie* di Warrant, *Cookie* di R. Kelly e *Pour Some Sugar on Me* di Def Leppard.

Ma per Mason... ah, Mason. Per lui trovo una canzone dei Cruel Youth che si intitola *Hate Fuck*. E *Undisclosed Desires* dei Muse. Anche se la seconda delle due canzoni in effetti ha più a che vedere con quello che provo io per lui. Il suo sguardo è così tagliente durante lo spettacolo che mi devo sforzare per non andare a nascondermi dietro a Lincoln o Jagger. Anche la maschera imperturbabile di Saint sarebbe più facile da affrontare dell'odio rovente di Mason.

"Allora, Mason?" chiedo quando le ultime note si dissolvono. Roy e Tommy sono già spariti, così come i gemelli. Scommetto che Elon e Oren sono andati a farsi una sega prima di svenire nel loro letto grottesco. Ieri sera ho ballato e mi sono strofinata su di loro e ho fatto tutto il possibile per potermeli scopare una seconda e poi anche una terza volta. Non si può non amare il loro ardore giovanile. Abbiamo scopato così tanto che mi sono venute delle abrasioni sulla pelle delle tette e del culo, a furia di sfregare sul pelo ispido dei loro petti.

Mason fissa il muro.

"Mason," canticchio. Non può ignorarmi per sempre. Non abbiamo dieci anni. "È la tua serata. Di solito non vado a letto con ragazzi più belli di me, ma fa parte del lavoro e…"

"No."

"Dai, amico, ne è passato di tempo. È ovvio che hai bisogno di farti una bella scopata." Jagger sussulta dalle risate.

"Chiudi quellacazzo di bocca," borbotta Mason in direzione del suo collega di lavoro. "Non ho bisogno di una scopata per compassione."

"Allora ti suggerisco il Prozac," gli dico dolcemente. Mason è pronto a controbattere con qualche insulto tagliente, ma prima che possa farmi a pezzi, Lincoln si frappone tra di noi.

"Andiamo, Sierra."

Lascio che il capo ciurma mi porti con sé nella sua stanza. Quando chiude la porta, il respiro mi torna normale. Quella stretta che mi sento nel petto dal giorno in cui ho saputo di essere incinta non si è ancora allentata.

"Come va?" chiede Lincoln. È in piedi tra me e la porta, un saldo ostacolo per chiunque o per qualsiasi cosa che voglia venirmi a prendere. *Sei al sicuro*, sussurra il suo imponente corpo al mio, sotto la luce fioca. I suoi occhi scuri mi invitano a lasciarmi andare.

"Tu come pensi che stia andando?" chiedo a mia volta.

Il suo sospiro mi inonda, insinuandosi nelle mie ossa mentre mi rilasso sul letto. "Speravo che Mason avrebbe cambiato atteggiamento."

Alzo le spalle. "Io non gli ho fatto niente."

"Lo so. Dagli tempo."

Mi mordo il labbro. Devo continuare a proporgli di

scopare? "Non voglio diventare fastidiosa. Come una sorel-lina minore."

"Fidati, Sierra," Lincoln si allunga accanto a me sul letto e tutto il mio corpo inizia a fremere. "Qua nessuno ti vede come una sorella."

SIERRA

*L*e mattinate sono il mio momento preferito al lodge. L'edificio si svuota subito dopo colazione, molto prima che il profumo di caffè mi spinga a scendere dal letto. *Cosa aspettarsi quando si aspetta* sconsiglia il caffè, ma io ho già rinunciato al vinoe non voglio perdere completamente la voglia di vivere… Faccio in modo di bere pochissimo della bevanda catramosa, aggiungendovi un sacco di latte e di zucchero. Il bambino non apprezza molto la caffeina a stomaco vuoto.

Mi accarezzo la pancia osservandomi allo specchio. Una piccolissima curva, un leggero arco convesso. Non abbastanza perché un uomo se ne accorga, a meno che non lo sappia e guardi con altri occhi. Niente che non si possa nascondere sotto a una felpa. Quando arriverà l'autunno, farò ampio uso di maglioni. I ragazzi penseranno che si cominceranno a vedere gli effetti di tutto il buon cibo preparato da Saint. Inspiro spingendo la pancia in dentro, come un'adolescente preoccupata di ingrassare. Che preoccupazione banale, paragonata allo sgomento che caratterizza la mia vita attuale.

Sono a metà strada verso la cucina, con lo stomaco che borbotta dopo tutte le contorsioni che ho fatto davanti allo specchio. Se continuo a saccheggiare il frigo ogni poche ore, ingrasserò davvero.

Il rumore di marmitte di moto mi fa pietrificare.

Oh no, non qui. Non dopo tutta la strada e tutti gli sforzi che ho fatto per nascondermi.

In cortile si sente gridare: chiunque sia arrivato, era atteso. Mi precipito in cucina proprio mentre la porta si spalanca ed entra Saint, con addosso il giubbotto di pelle più grande che sia mai stato fatto e tenendo un casco in mano. Gli stivali sono tutti schizzati di fango.

"Sierra?"

Trovo la voce per parlare. "Vai in moto?" Provo a fare un sorriso, ma si dilegua subito dal mio viso.

Lui inclina il capo, osservandomi. Io e Saint abbiamo raggiunto una tregua. Lui mi prepara da mangiare, io mangio tutto e lui non manda Lincoln a cercare una donna diversa da me.

"Nel mio giorno libero. Ho una moto sul retro. L'ho tirata fuori per vedere se gira ancora."

"Ah." Non gli chiedo come mai ha un giorno libero mentre tutti gli altri lavorano. Da quanto ho visto finora, quando dice di voler fare qualcosa nessuno osa protestare e tutti fanno in modo di assecondarlo.

Mi accorgo che lo sto fissando a occhi sbarrati e abbasso lo sguardo sul pavimento. "Allora," dico con voce tremante. "Dovremmo parlare... della tua notte."

I suoi occhi diventano inespressivi, come quando mi ha vista la prima volta, o quando ballo. Mi sfiora passandomi accanto, per posare il casco sul bancone della cucina.

"Lincoln mi ha detto che prima dovrei parlartene."

C'è una pausa. Apre la porta del frigo e ci guarda dentro. "Hai mangiato?"

"Prima ho mangiato un biscottino." Mi viene l'acquolina in bocca. Adesso che faccio sei pasti al giorno, la nausea è sparita. Ma ho praticamente sempre fame. "Qualcosa potrei mangiare."

"Di cosa hai voglia?" Guarda il contenuto del frigorifero con aria solenne. Il cibo è una cosa seria per Saint.

"C'è per caso del cioccolato?" butto lì, e vorrei rimangiarmi subito le parole.

"Ti prendono le voglie, ragazza?" Ha la testa nascosta nel frigorifero, ma sento che sta sorridendo.

"No! Non quello, non è una voglia." Solo alle donne incinte vengono le voglie, giusto? Saint si gira verso di me, e io cerco di capire dal suo viso se ha intuito il mio stato. Altrimenti perché avrebbe usato proprio il termine 'voglie?' "È che adoro la cioccolata. Di solito la mangiavo a colazione. Certe volte non mangiavo altro che cioccolata per tutto il giorno."

Stringe gli occhi.

"Ma va bene così, posso aspettare fino a pranzo. Non sono... Non ho le voglie." Tengo le mani davanti alla pancia. Saint posa lo sguardo su di esse e io mi obbligo a lasciarle cadere sui fianchi. Uffa, è come se mi potesse leggere nella mente. *Pensa a cose che non siano da donna incinta.*

"Vieni con me." Si dirige verso il corridoio, facendomi segno di seguirlo. Mi sento come il Jack della pianta di fagioli, che cammina in punta di piedi dietro al gigante.

La stanza di Saint è l'ultima in fondo, più grande di tutte le altre. Quando entro si sta voltando, con una grande barretta di cioccolato in mano. Potrei mettermi a urlare di felicità, ma poi vedo gli scaffali dietro di lui.

"Cazzarola," dico ad alta voce. La stanza di Saint è piena zeppa dell'unica cosa che potrebbe distrarmi dal cioccolato.

Libri.

"Leggi anche?" dice a bassa voce, dopo che io ho fatto il

giro su me stessa assorbendo con lo sguardo file su file e pile su pile di libri. Ce n'è abbastanza da riempire una biblioteca, e ne avanzerebbero ancora.

"Eh, già," rispondo per deriderlo, ma poi mi accorgo che mi sta prendendo in giro. "E tu? Hai letto tutta questa roba?"

"Sì."

"Incredibile," dico senza fiato, girandomi verso lo scaffale più vicino e facendo scorrere una mano con riverenza sul dorso dei libri. C'è di tutto, da testi di matematica ai grandi bestseller. Accanto al letto c'è una copia sbiadita de *Il richiamo della foresta*.

"Ti piace leggere?"

"Sì." Sbatto le palpebre, quasi in lacrime. La stanza di Saint profuma di cioccolato e di biblioteca. I miei odori preferiti. In qualunque posto fossi, in qualunque posto mi trascinasse mia madre con la sua folle spinta da hippie a vagabondare o per seguire un motociclista a caso, mi bastava avere dei libri e della cioccolata per sentirmi a casa.

Continuo a far scorrere le dita sui titoli. Saint ha una collezione davvero varia. Classici, libri sul mistero, persino romanzi rosa e saggi di psicologia del lavoro. Alcune copertine sono sbiadite, altre hanno il dorso rovinato e i bordi sporchi. Quando arrivo a un libro dove una donna incinta si tiene il pancione enorme, smetto di respirare per un secondo. "Questi libri, ne posso prenderne alcuni in prestito? Te li riporterò."

"Prendi quello che vuoi."

Mi allontano e fingo di studiare altri titoli, prendendone alcuni a caso prima di far scivolare nel mucchio anche la guida sulla gravidanza. Non so cosa ci faccia un ragazzone di più di due metri per 130 chili con un libro come *Cosa aspettarsi quando si aspetta*, ma non ho nessuna intenzione di chiederglielo.

Anzi, in effetti lo so. Basta la sola vista di Saint, per far rimanere incinta una ragazza.

Ieri l'ho visto sotto la doccia, a occhi chiusi, con l'acqua che scorreva sulla sua pelle nera come il carbone scendendogli in piccoli rivoli sul petto e sugli addominali d'acciaio. Si è voltato lentamente e davanti ai miei occhi è apparso un mostro, scuro e serpeggiante, dietro una coscia scolpita nel granito. Me la sono svignata in fretta prima che mi vedesse e sono corsa in camera mia a farmi un ditalino, sono bastati pochi tocchi delicati. Dopo averlo intravisto dietro la porta semiaperta, sarei rimasta incinta se non lo fossi già stata.

Forse è questo il motivo per cui ha il libro.

Una volta che il manuale sulla gravidanza è nascosto al sicuro tra alcuni romanzi rosa e un thriller spesso mi volto, stringendomi i libri al petto. Saint mi dà le spalle e rovista tra alcune pile di libri prima di voltarsi a sua volta.

"Ecco." Mi lancia un libro. "Leggiti questo."

"*In principio era il sesso?*" Trasformo il titolo in una domanda. "Cos'è, un romanzo rosa?"

"Un saggio."

Aggrotto la fronte e lo giro per leggere la descrizione sul retro. Saint mi fa cenno di sedermi e io lo faccio, posando il resto del bottino quando apro il libro.

Quindici minuti dopo alzo lo sguardo, sbattendo le ciglia. "Gli esseri umani erano fatti per essere poligami."

Saint è seduto a pochi passi da me, sopra una specie di baule. Le sue labbra si aprono su denti bianchissimi, quando sorride. "Leggi velocemente."

"A scuola leggevo sempre." Con Lynny cambiavamo spesso città e così io rimanevo sempre indietro. Avevo imparato a leggere a scuola i libri di testo per recuperare. E perciò, non ho mai perso un anno. Mi sarei diplomata, se non proprio tra i primi, almeno non tra gli ultimi della mia classe, ma poi Lynny è morta e io ho smesso di andare a scuola. Ero troppo impegnata a seguire il suo discutibile esempio, bazzicando il moto club e attaccandomi al primo ragazzo disponibile che sembrasse non avere intenzione di malmenarmi. E guarda dove mi ha portata tutto questo.

"Tieni." Saint mi porge la barretta di cioccolata. "Mangiatela. A vederti si direbbe che stai per svenire."

"Grazie," bisbiglio. Mi ingollo il cioccolato gommoso e mi rilasso, tenendo una mano sulla pila di libri come se potessero darmi forza. Saint non dice niente e la sua espressione non lancia mesaggi, rimane seduto con le braccia incrociate sull'ampio petto, con gli occhi color cioccolato che non mi abbandonano per un istante. Quado ho finito di mangiare, mi indica il bidone della spazzatura per gettarvi l'incarto, ma non fa nulla per dire altro o per mandarmi fuori.

Rinfrancata dagli zuccheri ingurgitati trovo il coraggio di guardarlo negli occhi. "Stasera... vuoi scoparmi?"

Si gratta il mento ispido, continuando a fissarmi. Non si muove, ma io mi sento come sezionata, come se ogni parte del mio corpo venisse staccata e valutata rispetto a qualche invisibile equilibrio. Forse si sta chiedendo se sono abbastanza forte per poter essere scopata da lui. Alla sola idea arrossisco, pensando al suo corpo nudo sotto la doccia. Sento la fica palpitare sotto il suo sguardo. "Non stasera," risponde alla fine. "Sabato. Passa la giornata a riposare, poi vieni da me."

SONO SOTTO LA DOCCIA, lascio che l'acqua bollente lenisca le mie ferite. La stretta che provavo al petto si è un po' allentata, dopo essere stata da Saint e aver preso alcuni libri in prestito. Ho già iniziato a leggere quello sulla gravidanza. È piuttosto generico, piatto in alcune parti, un pochino terrorizzante in altre. Sono così tante le incognite... Così tante le cose che potrebbero andare storte. Anche solo per avere un figlio, sono davvero tante le cose che devono andare per il verso giusto. Poi magari andrà tutto bene.

Ho quasi finito quando sento riecheggiare dei passi attorno a me. Sono sola nella grande doccia comune. Saint è uscito con il furgone per una commissione e il resto dei ragazzi sta ancora lavorando. Per quanto ne so io, sia il lodge che il resto della struttura sono vuoti.

"Saint?" chiamo, con la voce che rimbomba tremante nello spazio vuoto. I passi si fermano. Prima di fare in tempo a chiudere l'acqua e prendere un asciugamano entra Mason a torso nudo e senza scarpe, con un paio di jeans addosso. "Mason? Che cosa ci fai qui?"

Non risponde. Il suo sguardo scivola sulla mia figura nuda e contorce le labbra.

Afferro la manopola dell'acqua.

"No," sbotta con l'aria arrabbiata. Io rimango nuda e vulnerabile sotto lo spruzzo della doccia, facendomi piccola piccola mentre lui si avvicina a grandi passi fermandosi solo quando l'acqua gli schizza il bordo dei jeans. Ha il respiro rantolante, la pelle abbronzata arrossata sulla punta degli zigomi. C'è odio nei suoi occhi scuri, tutta la sua rabbia inspiegabile è diretta contro di me.

Fa un altro passo avanti e il movimento mi spinge ad abbassare gli occhi notando, nonostante il tessuto spesso dei jeans, la sua evidente erezione. Apro la bocca per dire qualcosa quando mi dà un altro aspro ordine.

"Faccia al muro."

Ammutolita, faccio come mi dice.

"Mani sulle piastrelle."

Appoggio i palmi, più per tenermi in piedi che per obbedirgli. Ho le gambe solo leggermente divaricate.

Il rumore dell'acqua cambia, picchiando sulla schiena e il petto solidi di un uomo e sulla stoffa rigida dei suoi jeans. Mi chiedo se l'acqua che gli scorre sul viso possa servire ad addolcirgli l'espressione, la rabbia che usa come uno scudo tra di noi. Mi afferra la nuca con la mano, tenendomi ferma con la fronte premuta contro il muro. Sento il corpo indebolirsi mentre le sue dita si stringono attorno alla mia gola. Per un attimo vedo tutto nero, e sento soltanto il rumore dell'acqua che schiaffeggia i nostri corpi, il fiato sibilante di Mason accanto al mio orecchio.

"Brutta troia," mormora.

Mi umetto le labbra e apro e chiudo la bocca un paio di volte prima di avere il coraggio di rispondere. "Troia, pompinara, puttana: dovresti davvero lavorarci un po' suoi tuoi insulti."

"Stai zitta." La sua presa cambia, la sua mano scivola sotto il mio mento, sollevandolo. Con il pollice mi accarezza la giugulare. Con la coda dell'occhio vedo l'altro suo braccio muoversi sussultando. Stringo i pugni contro la parete scivolosa mentre il respiro di Mason si fa più rapido. Sono sicura che si sta tirando una sega. Il suo cazzo punta al mio fondoschiena. Emetto un piccolo suono e le sue dita si stringono di più attorno alla mia gola. Avrò dei lividi stasera. Dovrò coprirli con il trucco, o dare una spiegazione a Lincoln.

"Anita," grugnisce, e io mi irrigidisco. Ma che cazzo…

"Mason," inizio a dire e le sue dita si stringono ancora, astiose e crudeli. "No," mi dimeno. La pelle è bagnata, non è difficile scivolare via dalla sua presa. O forse ha deciso di lasciarmi andare nel momento in cui ho iniziato a ribellarmi.

Mi giro e incontro il suo sguardo. Avevo ragione, i suoi jeans sono abbastanza aperti da potersi tenere l'uccello in mano. Rivoli d'acqua scivolano sulla stretta V che scende al suo inguine.

Che cazzo credi di fare? Dicono i suoi occhi, stretti sotto le sopracciglia arrabbiate. La mano sul mio braccio cerca di spingermi di nuovo con la faccia contro il muro.

"No," faccio io. "Se mi vuoi scopare mi guardi in faccia."

Piega la testa, lasciando che l'acqua scorra sul suo volto angelico, ora deformato in uno diabolico. Mi guarderà prima o poi senza avere quell'aria disgustata?

Gli tengo testa con il massimo dell'autorevolezza che posso avere essendo nuda come un verme. L'acqua si sta raffreddando.

Bene, allora. Mi afferra le braccia, spingendomi giù. "In ginocchio."

Gli obbedisco, abbassandomi con cautela. Con la mano sinistra mi afferra i capelli bagnati, mentre avvicina il cazzo alle mie labbra.

"Succhialo."

La mia fica mi manda dei segnali, faccio un profondo respiro e apro la bocca.

L'acqua scroscia su di noi, offuscandomi la vista. È caldo nella mia bocca e mugolo un po' piegando la testa per prenderlo meglio. Mi sollevo per facilitare la cosa e lui scuote la testa. *Niente mani.* Con la sua, di mano, muove invece la mia testa come pare a lui, controllandomi totalmente. Mi lascio andare cedendo ai suoi taciti comandi. La sua mano muove la mia testa avanti e indietro con un ritmo rude. *Così mi piace.* Il movimento secco del suo bacino, mentre spinge l'uccello sempre più dentro alla mia bocca. *Non ti fermare.* Sento un bruciore quando stringe la presa sui miei capelli. *Così, bravo. Prenditi tutto.*

Mi sento soffocare, le mani annaspano nell'aria sopra le sue cosce durissime. Le lacrime si mescolano con il getto della doccia. Mi trascina su a forza, tirando così forte i capelli da farmi venire le lacrime agli occhi. Un attimo, poi mi spinge di nuovo giù a forza. Rilasso completamente la schiena, tutto il mio corpo è come quello di un pupazzo nelle mani di un burattinaio. Un gemito mi dice che sarà presto finita. Qualcosa di salato mi schizza sulla lingua e poi Mason si sfila. Ritraggo il viso a occhi chiusi, mentre l'acqua della doccia lava via tutto.

Un tocco delicato sulla mia guancia. *Brava, ragazza.* Alzo la mano per posarla sulla sua ma se ne sta già andando con i suoi jeans bagnati, dopo aver chiuso l'acqua. Rimango in ginocchio, chiedendomi cosa cazzo è appena successo.

* * *

Quella stessa sera, sono a letto e mi accarezzo la pancia, con *Cosa aspettarsi quando si aspetta* vicino a me, nascosto sotto un thriller a copertina rigida.

"Tutto a posto?" Jagger si appoggia allo stipite della porta, aspettando che gli faccia segno di entrare.

"Sì. Sono solo stanca."

"Ti stiamo consumando?" I suoi occhi si stringono divertiti.

Mi metto a ridere. "Lo sai bene."

"No, sul serio," si siede vicino ai miei piedi, prendendoli e mettendoseli in grembo. Jagger tende sempre ad allargarsi un po' troppo. "Stai reggendo bene?"

"Oh, sì," dico sbadigliando e stirandomi. Con il pollice mi massaggia risalendo sotto il piede e io mi sciolgo in un gemito. "Oh, fallo ancora per favore."

"Ti stanno trattando tutti bene?"

"Mi sembra di sentire Lincoln." Il grosso caposquadra è entrato in camera mia dopo l'esibizione di stasera per farmi l'interrogatorio su cosa ne pensavo del lavoro fino a questo momento.

"Cosa ti ha detto?"

"Voleva solo sapere se mi andava tutto bene. Gli ho risposto che finora non ci sono state violazioni ai diritti dei lavoratori."

Jagger continua a massaggiarmi i piedi, ridacchiando. "A chi tocca stasera?"

"Uhhh, credo che sia ancora il turno di Mason." *A parte che io e Mason abbiamo già avuto il nostro momento. Una specie, almeno.* "Non so. Saint mi vuole sabato. Tutti gli altri me li sono fatti, a parte Roy e Tommy."

"Mmmhmm," mormora Jagger con aria sorniona.

"Cosa c'è? Cos'è che sai?"

"È riguardo a Roy e Tommy."

"Già, e… Sono dolcissimi. Penso che a loro piaccia guardare, ma dopo se ne vanno sempre via da soli."

"Vuoi dire che se ne vanno sempre via insieme." Sottolinea la parola 'insieme.'

Rimango a bocca aperta. "Cosa? Non mi dire…"

"Sì." Jagger alza ripetutamente le sopracciglia. "Shhh. Nessuno chiede niente e nessuno parla. Ma non ci facciamo problemi." Abbassa la voce. "Altre squadre potrebbero farsene. Ma Lincoln ha fatto capire chiaramente che andava bene così e non ne parliamo in giro. È davvero un ottimo capo, tutte le regole di sicurezza sono rispettate, l'azienda è disposta a dargli qualunque cosa chieda."

"Insomma, per parlare chiaro: Roy e Tommy stanno insieme," dico. Jagger annuisce. Boscaioli gay. Chi l'avrebbe immaginato? "Non c'è da stupirsi che non vogliano approfittare delle loro notti."

"Quindi questo ti libera l'agenda."

Alzo le spalle. Se Jagger aspira a una notte extra, dovrà fare lui tutto da solo. Benché, se continua a massaggiarmi i piedi così durante le mie nottate libere, potrei decidere di saltargli addosso comunque.

Jagger scoppia a ridere e mi rendo conto di aver espresso il pensiero ad alta voce. "Quindi andare a letto con tutti questi ragazzi davvero non ti dà fastidio?"

Alzo di nuovo le spalle. "Non ho problemi. Saint mi ha

dato questo libro." Frugo tra la pila di libri in prestito, facendo attenzione a tenere nascosta la guida alla gravidanza. "Teorizza che le comunità umane fossero poligame, avessero più relazioni," spiego, vedendo che Jagger solleva le sopracciglia. "Nello specifico, una donna si accoppiava con più maschi."

Jagger smette di massaggiarmi e mi fissa.

"Cosa c'è? Non me lo sono inventata!" Sfoglio il libro. "Credono di averne le prove in base alle caratteristiche fisiche dell'uomo. Per esempio, il pene è fatto come un badile, per poter raccogliere altro sperma dalla vagina prima di depositarvi il proprio. E le donne gridano durante l'orgasmo, il che poteva essere un modo di richiamare altri uomini perché venissero a inseminarle."

Gli occhi di Jagger mi fissano sbarrati. Agito le mani per aria come se potessero aiutarmi a spiegare.

"Pensano che questo spieghi molto sul motivo per cui le donne ci mettono più tempo a raggiungere l'orgasmo. E sull'eiaculazione precoce. Se le loro teorie sono corrette, venire subito è un tratto distintivo del fatto che lo sperma degli eiaculatori precoci è stato il primo a finire dentro e il primo a mettere radici. L'evoluzione lo ha scelto per questo. Non so," concludo biascicando senza guardare gli occhi spalancati di Jagger. "Immagino che abbia senso."

"Sierra, io..." Jagger continua a scuotere la testa. Mi tiene ancora il piede tra le mani e io provo a levarlo. Lui resiste e continua a massaggiare, anche se mi guarda come fossi un animale dello zoo. "Non so cosa dire. Non era di questo che pensavo di parlare."

"Comunque è interessante, fa pensare."

"Sì, assolutamente. Ma tu come ti senti? Dimenticati dell'eiaculazione precoce e della selezione naturale. Che cosa provi tu, a stare con vari ragazzi contemporaneamente?"

Apro la bocca per rispondergli quando un'ombra si

profila sulla soglia. Mason entra in camera mia picchiando il pugno sulla porta come se non stesse invadendo il mio spazio, come se gli fosse venuto in mente all'ultimo istante che doveva bussare. "Vi ho interrotto?"

Con la bocca ancora aperta, provo a pensare a cosa dire. Jagger aggrotta la fronte. "Cosa ci fai qui?"

"È la mia serata, giusto?" Il bellissimo uomo se ne sta già andando. "Vieni nella mia stanza tra un quarto d'ora."

"Ehm, cos…" riesco a pronunciare prima che Jagger salti in piedi.

"Era la tua serata. Ieri. E l'hai saltata. Stasera Sierra si riposa."

Adesso la mia bocca rimane aperta per il fatto che Jagger mi stia difendendo a questo modo. Solleva le spalle estringe le mani a pugno. Mason si gira su sé stesso e i due ragazzi si ritrovano faccia a faccia. Non sono grossi come il resto della squadra, ma hanno abbastanza rabbia e muscoli da poter provocare dei danni.

"Ehi, un attimo," intervengo debolmente. "Mi sta bene." Guardo Mason, chiedendomi se nella doccia gli è piaciuto al punto che adesso vuole di più. Non voglio dire niente in proposito: èinsolito che Mason fosse nel lodge mentre tutti gli altri stavano lavorando. Non voglio creargli problemi.

Anche il fatto che stia difendendo Mason è strano.

"Non c'è problema," dico a Jagger. "Mason ha ragione. Tocca a lui. Arrivo tra un attimo." Mi alzo e mi affaccendo a sistemare i libri. Cosa dovrei mettermi?

Quando mi volto, Mason se n'è andato. Jagger ha le braccia incrociate sul petto. "Non sei obbligata a farlo."

"Va bene così." Nonostante tutto sono eccitata, un fremito eloquente mi sale su dalle cosce. "È solo scontroso. Probabilmente ètutta scena, per farsi notare."

"No, non lo è. Mason è pericoloso." Jagger si appoggia alla porta, mordendosi il labbro.

Alzo le spalle, nonostante l'eccitazione mi pervada tutto il corpo al pensiero dell'acqua che scorreva sugli zigomi impossibili di Mason, ai suoi ordini aspri. *No*, mi dico con severità, *Non era eccitante. Era brutale. Non ti è piaciuto.*

E invece mi è piaciuto.

Pochi minuti dopo, mi avvio verso la stanza di Mason. La mia nemesi è ferma sulla porta, con le mascelle serrate. Si gira ed entra, aspettando che lo segua. La sua stanza è molto ordinata, niente libri, disordine o segni di personalità. Sembra che nessuno abbia mai dormito nel letto tanto è ben fatto. *Magari dorme a testa in giù, appendendosi al soffitto come un pipistrello.* Mi scappa una risatina prima di poterla fermare.

Le sopracciglia nere di Mason si uniscono. "Faccia al muro," mi ordina.

"Di nuovo?" mormoro, ma poi mi giro verso la cassettiera di legno, mentre si avvicina. Mi dà una sculacciata sul sedere, facendomi sobbalzare. Non mi fa male, ma mi volto a guardarlo, incuriosita.

"Resta dove sei." Circondandomi con le braccia mi slaccia rudemente i jeans e me li sfila. Mi aggrappo alla cassettiera per non perdere l'equilibrio.

"Hai intenzione di perquisirmi?" Non riesco a trattenermi dal ringhiargli. *Chiudi quella boccaccia, Sierra.* Mi dico un secondo prima che me lo dica lui.

"Niente biancheria intima?" chiede, e io faccio spallucce. Mi sono tolta i pantaloni del pigiama e ho messo i jeans per percorrere il corridoio, ma ho tenuto la canottiera. Niente reggiseno o mutandine: non ne vedevo il motivo. "Fottutissima troia."

"Sono esattamente quello," mormoro, ansimando quando mi infila le dita nella fica. Non per il dolore, ma per il piacere.

Mi giro per vedere la sua reazione. Se si aspettava che

fossi asciutta quando mi scopava, gli è andata male. Spalanca gli occhi mentre le sue dita penetrano toccando i punti giusti.

"Sì, così," sussurro, mentre ogni cellula del mio corpo si concentra attorno alla piacevole intrusione. "Sono fradicia per te. Dev'essere per il tuo bel visino."

I suoi occhi sono ostili, le sue dita si allungano e mi sfregano, entrandomi dentro in modo brutale. Si direbbe che voglia farmi male ma non può. Sono troppo bagnata.

Gli rido in faccia. "È dura, Mason? Essere il più carino di tutto il campo?"

"Chiudi quella cazzo di bocca," dice piano, con le pupille che si allargano fino a che le iridi si riducono a un anello di terra ombrosa. "Vedrai come ti fotterò. Sarò duro e farai tutto quello che dico perché io pago e tu sei la troia."

"Ogni tuo desiderio è un ordine." Mi sfilo dalle sue dita e scivolo verso il pavimento, lentamente, per vedere il suo corpo contrarsi e i suoi occhi infuocarsi. A metà strada mi blocca afferrandomi i capelli così forte da farmi bruciare il cuoio capelluto, e mi piazza le dita bagnate sulle labbra.

"Succhiale, puttana," mi ordina. "Mostrami cosa sai fare."

Io invece gli tiro giù i boxer e prendo il suo cazzoin bocca. Fa un sibilo, scattando indietro fino a che i polpacci colpiscono il letto e io gli metto le mani sotto le palle e mugolo, mentre con la lingua me lo lavoro in tutta la sua lunghezza, trascinandola fino alla base e insistendo sulla fenditura della punta a campana. Mi tira più forte i capelli ma io non mi faccio smontare e mi spingo avanti prendendolo tutto in bocca.

"Cazzo."

"Ogni tuo desiderio è un ordine." Mi alzo e con lo stesso movimento mi sfilo la maglietta. Il mio piccolo seno sobbalza, attirando la sua attenzione. Approfitto della distrazione per fare la mia mossa, premendo il corpo pallido contro il suo e abbracciandolo come un amante.

Lui si gira e fa girare me, così mi ritrovo di schiena. Le sue dita si chiudono attorno ai miei polsi allontanandoli.

"Non mi toccare," sibila con le mascelle serrate.

"Difficile scoparti senza toccarti," controbatto, e lui si libera una mano per darmi una manata in mezzo alle gambe. Il suo palmo colpisce la mia fica e guaisco. "Cazzo." Scalcio contro il letto cercando di liberare i polsi dalla morsa punitiva della sua mano destra. I suoi occhi brillano di cattiveria mentre mi colpisce di nuovo, stavolta sul fianco destro, come un cavaliere che incita un cavallo.

"Le regole le stabilisco io," mi avverte, e io annuisco. Okay. La mia fica è troppo vogliosa per mettersi a litigare.

Sghignazzando come se fosse consapevole di come mi eccita essere dominata da lui, arrotola un preservativo sulla sua asta luccicante.

"Sono pulita," dico in automatico e lui mi lancia un'occhiata che mi fa accendere le guance. Preferisce scoparsi una troia, porca e zozza? Va bene. È un gioco che so fare.

"Girati," mi ordina. "Mettiti a quattro zampe."

"Cos'è, non vuoi guardarmi in faccia mentre mi scopi? Farai finta che io sia un giovane maschietto?" lo schernisco. Il suo viso si rabbuia e mi rendo conto di aver esagerato.

"Allora mettiti sulla schiena," controbatte. "Non così. Allarga le gambe. Di più."

Non appena mi metto - coraggiosamente - in quella posizione vulnerabile, si avventa su di me. Mi penetra con forza brutale, in modo così violento che potrebbe lacerarmi, se non fossi bagnata fradicia.

"Sì," non riesco a impedirmi di sospirare. Se fossi furba, me ne starei muta. Mason mi sbatte facendomi scivolare sul letto. Mi vengono le lacrime agli occhi: lacrime di piacere.

"Dai," dico rauca bloccando le caviglie dietro la sua schiena dura come l'acciaio. "Dimostrami che sei più di un bel faccino."

Il suo bacino scatta in avanti, penetrandomi così profondamente da farmi vedere le stelle. Pianto le unghie nella sua pelle morbida. Potrei attanagliare le sue spalle lisce, lasciandogli dei segni così profondi da rovinargli l'abbronzatura perfetta. Graffiandogli la schiena scendo ad afferrare le sue natiche toniche per spingerlo più in profondità. Mi guarda con sguardo tagliente, penetrandomi anche in un altro modo.

Chiudo gli occhi.

"No," ruggisce. "Mi devi guardare mentre ti scopo."

"Mi rubi le battute," dico ridendo. Il suo sguardo è assassino, ma il suo cazzo sta cantando una meravigliosa canzone ritmica. Pianto i talloni sul letto e sollevo il bacino, premendolo contro il suo al ritmo delle sue spinte profonde. Non dimenticherò mai finché vivo la forza sferzante dei suoi affondi, l'arco perfetto delle sue labbra seducenti, le quali mi sfidano a rischiare tutto per un bacio. L'orgasmo si sta concentrando nei punti più reconditi del mio corpo, sottili flussi di piacere mi percorrono tutta, dalla testa, all'inguine, ai piedi. Deflagra dentro di me spezzandomi, spremendomi, lasciandomi senza fiato.

Non potrò mai più fare sesso senza paragonaretutte le altre scopatea questa. Questa gloriosa, scopata violentaentrerà nei miei sogni erotici. Il miglior sesso che abbia mai fatto in vita mia.

"Ecco." Mi lancia qualcosa. Denaro. Le banconote mi colpiscono in viso.

Tremando, indebolita dalla rabbia e dagli strascichi del piacere, mi alzo e mi infilo in fretta i vestiti, tenendo la mancia stretta in pugno.

"Non male per una puttana," commenta lui sbadigliando.

"Non sono una puttana." Gli faccio un sorriso duro, amichevole come un calcio nello stomaco. "Le puttane lo fanno per i soldi. Io per fare sesso." Lancio le banconote sul letto ed esco dalla stanza con l'aria spavalda.

* * *

Nel bel mezzo della notte, vecchi demoni si affacciano alla mia mente.

"Sierra è una bella fighettina arrapante."

"Già," concorda Jack, bevendosi un sorso di birra.

"È già un po' che bazzica nel club, da quanto, un paio d'anni?"

"Sì. Sua madre ha frequentato il giro del club degli Hell per parecchio, prima di morire."

"Giusto. Quella sempre in cerca di un fidanzato. Che poi è stata investita da un'auto lasciando la figlia completamente sola," dice Dex pensieroso. *"Una vecchia megera inaridita, la madre. La figlia invece... è venuta su proprio bene."*

"Già," risponde Jack. Attraverso la zanzariera, vedo il mio ragazzo muovere la testa assentendo, ansioso di assecondare il presidente del club, senza fare il minimo caso al ghigno satanico di Dex. *"Sierra è fantastica."*

"Mmm." Dex fa un tiro di canna, poi la passa a Jack. La luce dello schermo TV silenziatosi riflette sui suoi anelli di ottone. *"Lo sai come funziona nel club. Prima di farti una fidanzata, la devi far provare a me."*

Ho un sussulto, e mi affretto a tornare nell'ombra dov'ero nascosta. Sapevo che Dex stava tramando qualcosa. Il mega presidente del moto club non si abbassa -come una studentessa alla disperata ricerca di una migliore amica - a cercarsi una fighetta modesta con cui uscire. Jack era così eccitato all'idea di questo incontro, così speranzoso. Come il resto dei membri del club, anche lui venera Dex come fosse un Dio. E adesso siamo qui bloccati a casa del dio.

Mi volto lanciando un'occhiata al fuoco recintato, accanto al quale c'è ancora il mio zaino. Non voglio certo che Jack mi condivida con il suo presidente. La sola idea che Dex possa toccarmi mi fa venire da vomitare. Dovrei fuggire via? Forse potrei limitarmi a camminare un po' per la strada, tornare quando i ragazzi saranno sballati e mezzi addormentati e non più in vena. Posso lasciare qui *lo zaino e dire che avevo solo bisogno di un po' di aria fresca. Lo stomaco ce l'ho effettivamente un po' sottosopra.*

Sono così impegnata a pensare alla mia fuga che mi perdo Jack che borbotta qualcosa.

Dex non risponde subito. Prende la canna dalle mani di Jack e la spegne. "Penso che tu abbia aspettato abbastanza. Falla entrare, Jack. È ora di condividere."

Mi risveglio di soprassalto. Per un attimo è come se non fossi sola. Le ombre del passato sono in agguato nella stanza. Jack che esce dalla porta per chiamarmi. Io che mi nascondo nella casa, trattenendo il fiato finché lui non torna indietro, dicendo a Dex che devo essere scappata. La porta d'ingresso che sbatte seguita dal rombo dei tubi di scarico: il presidente se ne va.

È così che è andata? Suppongo di sì, quando sono tornata dentro da Jack, Dex non c'era più.

Il ricordo successivo è il rumore dello sparo. Il colpo di pistola riecheggia ancora nella mia memoria mentre mi strofino la faccia. Per quanto mi sforzi, non ricordo cosa sia successo prima della pistola. Prima del sangue.

Quello che invece è successo dopo, lo ricordo persin troppo bene.

Fisso il soffitto, sperando che diventi presto grigio con l'arrivo dell'alba. Non riesco a dormire, non riesco a trovare pace. È da troppo tempo che fuggo, scontando la punizione per quella sera, quella della morte di Jack.

Ma stando qui nel lodge, dove sono libera di respirare, forse riuscirò a ricordare perché Jack è dovuto morire.

ELON

"*E*hi, testarossa."

Mi fermo in corridoio, anche se non vorrei. Jagger è seduto a gambe larghe sul letto, con una nuvola di fumo sopra la testa.

"Non si fuma nel lodge," ripeto come un pappagallo. "Lo sai che Lincoln non vuole."

Jagger alza gli occhi al cielo, ma va ad appoggiarsi alla finestra per espirare il fumo attraverso l'apertura. Aspetto fino a che spegne la canna fuori e si volta verso di me con un sorriso sgradevole, con i palmi aperti per mostrarmi ciò che è ovvio. Come se potessi credere che per stasera non se ne farà più. Non appena proseguirò per andare in camera mia, gli ricomparirà una canna in mano.

"Che cosa vuoi?"

"Posso salutare la mia testarossa preferita?"

"Come mi chiamo, Jagger?" Aspetto mentre mi guarda stringendo gli occhi e socchiudendo le labbra come se tirasse a indovinare.

"Okay." Jagger ride come se avesse appena fatto una

battuta particolarmente esilarante. "Beccato. Non riesco mai a distinguere tra voi due."

"Sono Elon," lo informo pazientemente.

"Giusto. Ti è rimasto qualcosa da bere, Elon?"

Alzo le spalle. Ho una bottiglia di porto che sto conservando per il primo giorno d'autunno. È una tradizione. Ma a Lincoln non piace che beviamo durante la stagione lavorativa. Una delle sueregole strane.

Non che questo basti a fermare Jagger.

"Immagino che dovrò aspettare fino a che andrò in città," sospira con l'aria drammatica.

"Immagino che andrà così," faccio io, girandomi per riprendere la mia strada.

"No, no, aspetta." Jagger si precipita alla porta, inciampando per la fretta. Arriccio il naso. Jagger quando è in pausa parte sempre per andare nei boschi. Non sono sicuro di quanta roba fumi, o di come faccia a nasconderla, ma se Lincoln dovesse accorgersene, non rimarrebbe a lungo nella squadra. Sarebbe un vero peccato. La squadra di Lincoln è un bel business, e lo era anche prima che arrivasse Sierra.

"Parlando della ragazza," Jagger abbassa il tono con aria cospiratoria. "Che ne pensi?"

"A me sembra che vada bene," dico. In realtà va più che bene. È così dolce, e come ci tiene a noi. Quasi tutti guardano me e credono di vedere il sosia di mio fratello. Sierra invece no. Si ferma e mi osserva con attenzione prima di chiamarmi per nome. Ogni volta.

"Sto cercando di capire da dove sbuchi fuori, e quale sia il suo scopo. A te ha mai detto niente?"

Alzo le spalle negativamente.

"Scommetto cento dollari che faceva marchette in città e ha adescato Lincoln."

Storco il naso. "Non mi sembra da Sierra." C'è qualcosa in

quella ragazza. Una freschezza, come se sprizzasse gioia. Lo vedo quando balla.

"Dai, facciamo una scommessa."

"No." Faccio un passo indietro. "Se hai bisogno di soldi, chiedi un prestito a Saint."

"Oh, no di certo," fa Jagger gemendo. "Mi sbatterebbe fuori. Subito dopo aver rifiutato di darmeli."

Alzo le spalle. "Ti sei risposto da solo."

"No, sul serio." Jagger si avvicina e io indietreggio automaticamente. "C'è qualcosa di strano riguardo a Sierra. Lo scoprirò. Penso che si scopi Lincoln anche quando non le tocca."

"Ti dà solo fastidio che oggi abbia la serata libera."

"Voglio dire, cos'altro ha da fare?" esclama Jagger e io mi allontano dagli spruzzi della sua bocca.

"Lasciala in pace, Jagger. Hai altre cose di cui preoccuparti." Faccio segno dietro di lui quando lo vedo confuso. "Faresti meglio ad arieggiare un po' meglio la stanza. Sembra ci sia stata una puzzola."

Poco dopo, sono appoggiato sul letto. Oren è accanto a me, ronfando alla grande. Si potrebbe pensare che mi dia fastidio che russi per tutta la notte, ma abbiamo sempre condiviso la stanza e ci sono abituato.

Stasera però non riesco a dormire. Le parole di Jagger mi rodono dentro. *Sto cercando di capire da dove sbuchi fuori, e quale sia il suo scopo.* La cosa mi fa pensare. Perché Sierra ha accettato l'offerta di Lincoln? Cosa faceva prima? Ha un posto dove stare? Amici?

Mi rido dietro da solo. Che stupido. Certo che aveva una vita prima di arrivare qui. Lincoln non l'ha tirata fuori dal nulla. È che sembra così fragile e delicata, come una farfalla che danza attorno a una candela. Oren la chiama la fata, come se fosse una creatura magica che potrebbe alzarsi in volo e sparire.

Sono immerso nei miei pensieri quando vedo un'ombra sfrecciare nel corridoio. Scendo dal letto e vado a sbirciare dalla porta.

"Sierra?"

"Ehi," sussurra. Si avvicina, studiandomi il viso. "Elon."

Prendo il suo braccio e la faccio entrare delicatamente nella stanza. La porta di Jagger è chiusa, altrimenti l'avrebbe intercettata. "Tutto a posto?"

"Ho dormito tutto il giorno," risponde, con la voce piena di rimorso. "Cioè, letteralmente tutto il giorno. Non mi sono nemmeno svegliata per mangiare."

"Avevi bisogno di riposare." Alzo la mano ma non la tocco. Mi sento troppo grosso, troppo goffo, troppo stupido per dire o fare qualcosa.

"Be' adesso non riesco più a dormire. Oddio, cos'è questo rumore?"

"Oh..." Mi sposto un pochino, così può vedere mio fratello stravaccato nel letto. "Oren."

"Fa sempre così?"

"Sì," le rispondo. "Oh, non ti preoccupare per lui. Non lo svegliano nemmeno le bombe."

"Si direbbe proprio così."

Scoppio a ridere forte, come un cretino. Mi sembra di avere la bocca troppo larga per il viso. Mi basta esserle vicino perché il cuore mi batta forte. Ha dei lineamenti perfetti, e sembra un folletto. La sua pelle è luminosa, come se avesse una luce dentro di sé.

Mi rendo conto che la sto fissando, ma non riesco a farne a meno.

Sierra allontana lo sguardo dal letto e mi lancia un'occhiata. "Cosa c'è?" chiede sorridendo.

"Niente. Sei bella," mi scappa di bocca.

Sierra distoglie lo sguardo e si morde il labbro, prima di

guardarmi di nuovo negli occhi con l'aria decisa. "Anche tu sei bello. Cosa ha detto Jagger?"

Prima di farmi prendere dalla gelosia lei continua. "Madre ebrea e padre irlandese. Com'è stato?" chiede.

"Non saprei," rispondo imbarazzato. "Chiassoso. Un sacco di urla."

Lei piega la testa di lato. "Ti mettevi spesso nei guai?"

"Io no. Oren. Faceva un mucchio di stronzate."

"Oooh, i tuoi genitori preferivano te a lui?"

"Naa." Non ho nemmeno il coraggio di incrociare il suo sguardo mobile. "Non si preoccupavano nemmeno di sapere chi era il colpevole. Lui accusava me e io accusavo lui e finivamo tutti e due in punizione."

"Poveretti."

Non posso fare a meno di sorridere al tono umoristico della sua voce.

"E da dove vieni, allora, Elon?"

"Da New York."

"Anch'io!"

"Davvero?" Sento un piccolo brivido di piacere all'idea di avere qualcosa in comune con lei.

"Sì, dalla parte nord dello stato. Cioè, mia madre veniva di lì. Era uno spirito libero. A un certo punto se n'è andata senza voltarsi indietro. I miei fratellastri però vivono ancora lì. Almeno, credo." Aggrotta la fronte.

"Non li conosci?"

"Volevi... volevi venirti a sedere? Solo per parlare o passare il tempo?"

Ha un attimo di esitazione, lo sguardo si sposta sul lavorio di sega di Oren. Proprio in quell'istante, mio fratello emette un sonoro rumore nasale e si gira, senza svegliarsi.

A lei scappa un risolino e scuote la testa. "No. Meglio di no. Non voglio fare favoritismi. Jagger si potrebbe ingelosire."

Cerco di nascondere che sono io a ingelosirmi per il fatto che si preoccupi così tanto dei sentimenti che può provare Jagger. Ma Sierra è fatta così. Si preoccupa degli altri. "Be', allora buona notte."

"Buona notte, Elon." Facendo un piccolo saluto con le dita, se ne va.

* * *

Sierra

"Ti piace stuzzicarci, eh, troietta?" Il respiro di Mason è caldo sul mio orecchio.

"Oh sì," rispondo facendo la gatta. Il mio corpo passa dal caldo al freddo, il desiderio mi riempie la testa come un gas allucinogeno. Sono eccitata, le pupille si dilatano mentre mi prendo un'altra dose dell'odio di Mason. "Lo adoro."

"Sei una cattiva ragazza, molto cattiva." Mi stringe i polsi più forte.

"Sì." Sculetto inarcando la schiena, cercando il contatto. Mi ha inchiodata alla porta, con le manette delle sue mani come unico punto di contatto. Il suo corpo incombe dietro di me, impossibile da toccare. Ogni volta che lo sfioro, il mio corpo si riempie di sensazioni. "Sì."

"Togliti la gonna." Ho indossato minigonna e reggiseno neri per la performance del venerdì sera. I ragazzi mi avevano detto di prendermi una serata libera, ma non appena tutte le luci del lodge si sono spente, mi sono ritrovata a intrufolarmi in camera di Mason, con il corpo tremante di aspettativa.

Mi tiro giù la gonna e inizio a voltarmi, ma lui mi sbatte di nuovo contro la porta. "Faccia al muro. Non ti muovere."

Le sue dita seguono la linea del mio sedere. Sento tutta la

fica stringersi, vogliosa del suo tocco. Mi vengono le ginocchia molli e mi muovo ondeggiando, tenendomi alla sua presa per non scivolare sul pavimento sciogliendomi completamente.

"Una cattiva ragazza." Mi strizza di nuovo il culo. "Sei una cattiva ragazza. Dillo."

"Sono una cattiva ragazza." Mi mordo un attimo il labbro prima di aggiungere, "Dovrei essere punita."

"Oh, tranquilla, ti punirò." Si stacca e mi trascina sul letto.

"A quattro zampe," mi ordina. Mi metto in posizione e lo guardo piena di aspettativa.

Whap! Sibilo e scatto in avanti, per allontanarmi dal suo palmo che mi punisce.

"Torna nella posizione di prima." Mason si aggira ai piedi del letto, come un leone che studia la sua preda inerme. "Fai quello che dico io e prendi quello che ti do." Le sue dita passano sul mio fondoschiena e io faccio dei piccoli gemiti. "Te lo prenderai tutto."

Sì. Oh, sì. Spingo il culo verso il suo palmo.

"Ti faccio vedere io cosa succede a mettere in mostra il tuo corpo davanti alla squadra, facendoci eccitare senza motivo." Mi sculaccia di nuovo e io sussulto, ma non mi sposto. Il dolore si assesta con quel pizzico di eccitazione che è proprio quello che ci vuole. Mi strofina il sedere e sento l'eccitazione impennare di nuovo.

"Questo appartiene a me." Mason mi strizza la natica destra abbastanza forte da farmi venire le lacrime agli occhi.

"Solo per stasera," sussurro.

Gli esce un ringhio, dal profondo della gola. "Questo è mio." Il suo tocco si addolcisce, lenendo la mia carne. *Fidati,* dicono le sue dita.

"È tuo, Mason." Deglutisco, anche se ho la gola chiusa.

Mi stringe la mano a pugno sui capelli costringendo indietro la mia testa. "Non pronunciare il mio nome."

Trascina le mie labbra al suo uccello. Apro la bocca e me lo prendo dentro, sentendomi soffocare un po' mentre me la riempie completamente, arrivandomi fino in gola. Con la mano va a esplorarmi in mezzo alle gambe. Sono bagnata, fradicia. Gemo attorno alla punta del suo cazzo come se avessi trovato un nuovo strumento musicale.

"Brava, cagna, prenditelo tutto." Il suo cazzo mi colpisce in fondo alla gola.

Rido e ho dei conati soffocati, scosto la testa per riprendere fiato. È così scontato, la sua malignità nei miei confronti è quasi come una parte che recita. Farei meglio a stargli alla larga.

Eppure eccomi qui, a quattro zampe, succhiandoglielo come se fosse un lecca lecca al mio gusto preferito. Mason mi fa diventare rimbambita.

La mano di Mason è ancora intrecciata ai miei capelli. Una volta ripreso fiato alzo gli occhi al cielo. "Hai guardato molti filmini porno, Mason?"

"Chiudi. Quella. Bocca. Di. Merda." Allarga la mano e le sue dure dita mi afferrano la gola, stringendola forte. Il mio cervello si svuota mentre le membra annaspano sul letto. Un arrapamento assurdo esplode nella mia fica, portandomi sempre più in alto nelle vette del desiderio.

Poi lui mi lascia andare e ricado sulla terra.

"Questa" - Mason mi schiaffeggia la figa e la promessa del piacere mi attraversa come una scossa elettrica - "è mia. Appartiene a me questa sera. Sarò io a stabilire quando... e se verrai."

"Sì," gli confermo. Con Mason è come stare su delle aspre montagne russe, ma mi piace andarci sopra. Mi lascio andare sul letto permettendogli di torturarmi. Dita, pollici e bocca si alternano sulla mia fica, fino a che non posso fare altro che contorcermi, pronta ad arrivareal culmine. Piccoli suoni convulsi mi sfuggono dalla gola, ma proprio quando arrivo così vicina al piacere che da un momento all'altro potrebbe deflagrare riempiendo di luce ogni mio meandro, Mason si inginocchia tra le mie gambe divaricate, si tira i polpacci sulle spalle e mi penetra violentemente, piegandomi in due. Al quinto affondo mi disintegro e sono scossa dagli spasmi fino alla fine della sua brutale scopata. Viene con un grugnito, assestandomi un'ultima spinta che mi arriva fino all'utero, e rimaniamo con gli sguardi incollati l'uno nell'altro.

Mi odi davvero? Vorrei chiedergli. Prima che trovi il coraggio per dirglielo, il suo sguardo si indurisce. Tira fuori rapidamente il cazzo e io rabbrividisco mentre del liquido fuoriesce dalla mia fessura. Rimango lì ansimante, mentre lui traffica con qualcosa sulla cassettiera. Torna e mi pulisce con un panno, tamponando lentamente e rifiutandosi di guardarmi negli occhi. Non so perché ma questo gesto mi sembra la cosa più intima che abbia mai fatto con un uomo.

Quando ha finito si alza. È a petto nudo, con il cazzo che gli spunta fuori dai jeans aperti.

"Vuoi che ti pulisca?" Indico il suo inguine bagnato.

"No. Fuori di qui."

Esco su gambe incerte dalla camera di Mason per la seconda volta in due giorni. La porta si chiude alle mie spalle e mi appoggio alla parete, stringendo gli occhi. Vorrei che fosse un sogno.

Ma non è un sogno.

È venerdì e Lincoln mi aveva detto di prendermi una serata libera. Potevo fare qualunque cosa volevo, farmi chi volevo. Ma dopo la chiacchierata con Elon, sono andata direttamente a bussare alla porta di Mason.

Non è stata del tutto colpa mia. Ho dormito quasi tutto il giorno, sognando un corpo grande e duro che copriva il mio. Avrebbe potuto essere uno qualunque dei ragazzi, davvero.

Avevo quasi deciso di infilarmi nella stanza di Lincoln, ma non ho avuto la forza di passare oltre la porta di Mason.

Fanculo, c'è qualcosa che non va in me.

Mi dirigo verso camera mia, ma arrivata a metà strada cambio direzione.

La luce in camera di Saint è accesa. Busso piano e aspetto di sentire la sua voce profonda. Socchiudo la porta e sbircio dentro.

"Sierra."

"Mi hai detto di aspettare fino a sabato." Mi mordo il labbro.

Saint si sposta e dà dei colpetti sul letto. "Vieni qui, ragazza."

Mi siedo sul letto e lui mi esorta ad avvicinarmi. "Dai. Vieni ad accoccolarti qui." I suoi occhi scuri scorrono per un attimo sul mio viso. "Piangi un po'."

Quando lo guardo sbattendo le palpebre aggiunge: "Fai quello che hai bisogno di fare."

Faccio come mi dice, passando in rassegna i miei sentimenti. La pesantezza che sento nel mio petto sta traboccando? Ho bisogno di piangere?

Mi raggomitolo accanto alla corporatura gigante di Saint. Avvolgendomi con un enorme braccio, mi stringe al suo fianco. Saint mi inclina la testa per studiarmi il viso, io lo lascio fare e sospiro.

"Ti ha fatto male?" mi chiede con dolcezza.

"No." Sono sorpresa di sentire che la mia voce si incrina. "Cioè, sì, ma in un modo che mi è piaciuto." Non gli chiedo come faccia a sapere dov'ero o chi mi sono fatta. Saint sa tutto. Il mio cervello lo ha classificato in qualche punto tra Einstein e Dio.

Saint mi tiene sempre il braccio stretto attorno, e guarda il pavimento aggrottando la fronte pensieroso. "È un tipo molto estremo. La sua ragazza lo ha lasciato facendosi mettere incinta da un altro."

Mi raggelo, sentendo tutto il corpo che si avvolge attorno al segreto che porto dentro di me. Il bambino che adesso ho un motivo in più per voler nascondere. "Cazzo."

"Tu le somigli molto." Mi stringe per un attimo le braccia attorno, come per rassicurarmi.

Rimango in silenzio per qualche istante, godendo del suo abbraccio. Un muro solido tra me e il mondo.

"Saint?" Mi giro per poter vedere il suo viso. "Hai mai sculacciato una donna?"

"Con la mano o con un attrezzo?" Si mette a ridere di fronte alla mia espressione scioccata. Lentamente, come se fossi un animale selvaggio che potrebbe darsi alla fuga, si districa da me e va verso il grande baule che c'è nell'angolo. Lo solleva come se non pesasse niente e me lo porta. Lo apre guardandomi in viso.

Trattengo un sussulto così forte da farmi quasi ingoiare la lingua.

"Se parliamo di sculacciare, anche la mano va benissimo," mi dice Saint. "Ma c'è molto di più da esplorare." Rovista nel contenitore mentre io dallo stupore allargo talmente gli occhi che le sopracciglia quasi mi salgono all'attaccatura dei capelli.

"Guarda queste cose. Quale pensi potrebbe fare più male?" Tira su una specie di racchetta di legno spessa alcuni centimetri e una lunga bacchetta sottile.

Indico la racchetta.

"Vedi, ti stai sbagliando. Questa produce una specie di dolore sordo e tutto sommato piacevole." Posa la racchetta. "Questa, al contrario," alza la bacchetta, "brucia di brutto." Tocca l'estremità, poi si colpisce la mano e mi mostra la riga rossa che vi rimane. "La verga è troppo estrema per i principianti."

"Perciò avresti intenzione" - faccio segno verso il conte-nitore - "di usarne qualcuno con me?"

Saint chiude il baule. "Lo vorresti?"

Deglutisco e annuisco lentamente.

Il letto cigola quando vi si siede di nuovo mettendosi di fronte a me. Con un dito mi scosta i capelli dal viso. "Perché?"

"Cosa perché?"

"Perché lo vorresti?"

Mi lecco le labbra, cercando una risposta. "Non farò mai più sesso, finito questo," dico tutto d'un fiato. Un leggero tremolio nei suoi occhi rivela la sua sorpresa. Saint in genere sa mantenere un'espressione perfettamente impassibile. "Voglio dire, dopo questa esperienza, mi prenderò una pausa, dal sesso e, ehm" - agito vagamente la mano - "dagli uomini."

C'è un momento di silenzio, poi lui annuisce come uno che capisce. Non gli chiedo quale significato dia alle mie parole. È più semplice presumere che Saint sia in grado di capire tutto.

Mi chino verso di lui, sentendomi più sicura. "Fino ad allora, sono pronta a tutto. Voglio dire, mi piacerebbe provare molte cose."

"Per essere chiari, stiamo parlando di te che vieni qui e reciti una parte. Un periodo di tempo prestabilito durante il quale ti metterò alla prova usando alcuni di questi attrezzi su di te."

Non guardo cosa c'è dentro al baule. Mi fa troppa paura. Eppure, non riesco a fare a meno di immaginarmi la scena in cui Saint sferza quella verga sulla mia pelle. "Va bene."

Un sorriso si diffonde lentamente sul viso di Saint. Mi mette le mani sotto il mento. "A sabato."

* * *

IL SABATO mi ritrovo con una benda sugli occhi, inginocchiata su un cuscino davanti al letto. Dietro di me, Saint rovista nel baule. Giro un po' il collo, portando l'orecchio verso di lui, con tutti i sensi concentrati a cercare di capire cosa succederà. La benda è morbida e avvolgente, e mi rende completamente cieca. Assurdo come un pezzettino di stoffa possa cambiarti completamente il mondo.

Un'ombra vaga mi arriva davanti e faccio un balzo quando Saint mi prende la mano.

"Shhh, ragazza, tranquilla." Mi porta la mano sul letto, guidando le mie dita a toccare il lungo manico di un attrezzo che termina con morbide strisce di cuoio. "Senti questo." Accarezzo le striscette vellutate, con il respiro che si fa più rapido. "Questo è un frustino. Non userò altro stasera."

"Farà male?" chiedo con un filo di voce.

"All'inizio no. Comincerò mentre sei ancora vestita." Mi accarezza la schiena con l'attrezzo. "Per darti la possibilità di abituarti. Poi proverò sulla pelle. Sei pronta?"

Deglutisco, torcendo le dita sul grembo. La mente si riempie di immagini. Il frustino non sembra particolarmente pericoloso, ma Saint è davvero un omone. Nelle sue mani, qualsiasi cosa può trasformarsi in un'arma.

Cala il silenzio.

"Non siamo obbligati a farlo," dice con la sua voce profonda.

"Lo so." Le mie mani continuano a torcersi. Per quanto mi sforzi, non sopporterei l'idea di rinunciare, di strapparmi via la benda e di scappare via. Non perché sia coraggiosa, ma perché sono molto, molto curiosa.

Deglutisco un'ultima volta e poi gli dico: "Sono pronta."

Saint inizia stuzzicandomi, facendo scorrere il frustino sulle mie spalle e sul viso, facendomi il solletico e avvezzandomi alla sensazione. Sono rilassata e sorridentequando piazzandosi dietro di me mi sferza le strisce di cuoio sulla camicetta. Il frustino mi colpisce con un ritmo pacato, come il delicato tamburellio di una pioggia che mi tranquillizza.

"Fai dei bei respiri, ragazza. Ecco, così," mormora colpendomi un po' più forte. Tra i respiri profondi e il calore sulla schiena, tutto il mio corpo si rilassa.

Si ferma e io giro il capo, uscendo dal mio stato di trance.

"Tutto bene?" chiede, e io annuisco.

La mia fichetta è inondata. Mi sposto sulle ginocchia e lui sferza il frustino con più forza, facendomi sussultare. Torna sui suoi passi, colpendomi così lievemente che mi sembra quasi una gradevole promessa, poi i colpi si intensificano e l'ultimo della serie mi brucia.

Emetto un lieve suono tra un gemito e un sospiro.

"Vado avanti?"

"Sì," mormoro. La testa mi ciondola, facendosi più pesante a ogni sferzata.

Dietro di me, Saint ridacchia. "Sembri in trance."

"Mmm. Non ti fermare."

"D'accordo, ragazza. Alza le mani."

Languida, fluttuando, alzo le braccia e lascio che mi sfili la camicetta. Su sua richiesta, non ho indossato nessun reggiseno. Mi sfiora la schiena sensibilizzata con il frustino e a ogni minimo tocco la mia fica pulsa e la bocca si allenta. Sono immersa in una trance di piacere, con il corpo pronto a essere toccato e la mente lontana mille miglia. Il frustino mi accarezza la pelle come dita morbidissime. Rabbrividisco mentre il fremito della mia fica aumenta di intensità.

"La vita è stressante," mormora Saint. "A volte è bello lasciarsi andare, smettere di controllarsi. Continua a respirare profondamente. Brava, ragazza." Appoggia il frustino sulla schiena, dandomi dei colpetti verso l'alto e verso il basso. Mi sono abbandonata in avanti: si ferma per avvicinarmi di più al letto. Alzo le braccia e le allungo sulla coperta. Mi sferza su e giù lungo i lati del busto, con colpi cauti che avvolgono le strisce di cuoio attorno al mio piccolo seno. Sospiro, ma la sensazione non supera quella di un leggero bruciore. Mi vengono le lacrime agli occhi pensando alla stazza di Saint, al frustino che nelle sue grandi mani è come un giochetto, che lui fa passare con cura sulla mia schiena sottile.

Sprofondo ancor più in una calda oscurità, un posto sicuro. Mi sembra di fluttuare, con il corpo sospeso tra una miriade di sensazioni. Vorrei rimanere in questo stato di semicoscienza per sempre. Tutti i miei problemi sembrano lontanissimi.

"Sierra." La mano di Saint si posa sulla mia nuca e mi rendo conto che le frustate sono terminate. Sento tutto il corpo pulsare al ricordo di ogni singolo colpo.

"Wow," sospiro riemergendo. "Tuttobene?"

"Eh, no, quello lo avevo chiesto io!" Ridacchia, con una risata deliziosa color del cioccolato. "Ci sei?"

"Ci sono." Ho praticamente la bava alla bocca. "È stato davvero incredibile."

"Non abbiamo ancora finito." La sua grande mano scivola sotto la mia ascella, sollevandomi. "Alzati e sdraiati sul letto. Supina. Brava, ragazza."

Premo le mani sul copriletto, il respiro mi si blocca nel petto. Saint mi allarga i piedi e le ginocchia, scoprendo il cavallo dei miei jeans. Non appena mi rendo conto di cosa sta per fare, stringo le mani a pugno sul copriletto.

"Shhh." Mi fa passare le strisce del frustino tra le gambe, facendo vibrare delicatamente la mia fica attraverso la spessa stoffa di denim "Farò piano. Ti fidi di me?"

"Ehm. Okay. Sì."

"Vuoi che ti tolga la benda dagli occhi?"

Ci penso un'attimo. Mi piace rimanere immersa nell'o-scurità. "No."

"D'accordo. Rilassati." Il frustino sfiora le gambe rivestite di jeans, facendomi il solletico nell'interno delle cosce. La mia fica si riempie di umori. Stringo i denti, piantando le unghie nel letto e puntando i talloni, cercando di trattenermi dallo spingere il bacino verso i morbidi colpi. Saint usa il frustino in modo tale da darmi la più leggera delle sensazioni, come fossi toccata dalle ali di una farfalla. Fa oscillare le strisce avanti e indietro, facendo crescere il desiderio nella mia fica. Mi stanno tremando le gambe.

"Allarga le ginocchia," mi ordina Saint. "E non fartelo ripetere."

Oddio. Nella mia gola sale una supplica, che si manifesta sotto forma di un gemito voglioso.

"Ti piace quando ti do ordini, ragazza?"

La mia fica vorrebbe urlare *Sì*, ma la mia mente dice *No*. Apro la bocca e mi umetto le labbra.

"Non sei obbligata a rispondere." La voce di Saint arriva da distanze siderali. "Lasciati semplicemente andare. Sei in mio potere." Il frustino riprende a battere ritmicamente tra le mie gambe. Mi aggrappo alle lenzuola, letteralmente sollevata dal desiderio. Dagli angoli degli occhi mi escono delle lacrime. Inizio a gemere involontariamente. Il suono mi arriva alle orecchie e decido di interromperlo.

"Va bene così, ragazza. Butta fuori tutto."

"Ho paura." Le parole mi escono di bocca senza pensarci. La mia mente è in pausa, in vacanza, è andata a pranzo fuori. Qualcuno sta comandando il mio corpo, ma non sono io.

Saint si ferma, mi posa le mani sulle ginocchia. "Hai la sensazione di non essere più tu ad avere il controllo?"

"Sì." Devo impegnarmi per riuscire a rispondere.

"È arrivato il momento di fermarci?"

I miei muscoli si contraggono. "No," sussurro, poi lo ripeto più forte. "No, non ti fermare." Passano parecchi istanti prima che aggiunga: "Per favore."

"Brava, ragazza." Saint trascina le strisce di cuoio in

mezzo alle mie gambe. Il mio corpo cerca di carpire anche le minime sensazioni. "Potrei farti venire, semplicemente così," mormora. "Non ci vorrebbe molto, basterebbe un po' più di forza."

Il mio bacino sobbalza, implorante.

"Oppure potrei mettere via il frustino. Pensi di meritarti di venire?"

Inizio già a farlo solo a sentire la domanda. *Sì*, vorrei gridare forte. Ma non ho nessuna capacità di controllo. "Ho fatto la brava."

"Sul serio?" Saint mi divarica di più le ginocchia. "Potrebbero volerci alcuni colpi ben assestati. Non so se sei in grado di sopportarli."

Deglutisco vistosamente, perché non lo so neanch'io.

"No," dice. "Ci andrò piano con te. Resta immobile."

Il letto cigola quando si siede accanto a me. Dita fredde passano sul mio ombelico esposto e scendono nei jeans. Mi trovano bagnata fradicia, tremante.

"Che bella fighettina dolce." Mi infila dentro un dito sondando, esplorando. Trattengo il respiro. "E com'è vogliosa." I miei muscoli interni si contraggono. "Non ti manca molto, vero? Solo un piccolo… tocco." Mi accarezza il clitoride e io spingo in alto il bacino, per andare incontro alla sua mano in esplorazione. "Quando lo dirò, verrai per me."

Un piagnucolio. *Sì.* Un tremito mi attraversa tutta. Muove il dito e trova il punto magico. Io getto il capo all'indietro, sentendo un rantolo scoppiarmi nelle orecchie.

"Sì. Ci siamo. Vieni per me, ragazza." Basta un piccolissimo movimento, leggero, perfetto e io mi sciolgo completamente, con il bacino che sussulta, le gambe che tremano. Poi resto sdraiata, felice e completamente senza forze, mentre mi passa sulle labbra le dita impregnate dei miei umori. Quando finisce, me le lecco. "Che brava ragazza."

Saint mi toglie la benda dagli occhi e io sbatto le palpebre, rientrando controvoglia nel mondo. Lui si alza per andare a rimettere il frustino nel baule.

"Aspetta," balbetto, schiarendomi la voce. "Non mi scopi?"

"No, ragazza." Spinge di nuovo il baule contro il muro, dandogli un colpetto prima di voltarsi verso di me. "Devi prima guadagnartelo."

Il mio labbro inferiore si protende in avanti, mettendo su un broncio che dice platealmente *Per favore...*

Le larghe spalle di Saint si alzano mentre fa un profondo sospiro. "In ginocchio." Tira su il mento, io sprofondo di nuovo nel cuscino.

Se lo prende in mano, tirandolo, passandosi il palmo sulla punta, inizia a farsi una sega rapida.

"Toccati," mi ordina, e io mi infilo le dita nella fessura fradicia, muovendola convulsamente.

"Fermati," urla imperioso. E io lo faccio, stringendo i denti mentre gli obbedisco. La mia fica sussulta mentre Saint si accarezza. Con gli occhi puntati sul suo cazzo, sento il sudore scorrermi sul corpo, tanto lo voglio dentro di me. Ma se ancora non me lo sono guadagnato, voglio comunque la sua sborra.

Con un brivido e un sospiro, Saint viene dentro la sua mano.

Mi offre il suo seme: una manciata di liquido bianco.

Non so cosa mi prende. È come se ci fosse un'altra al posto mio. Gli afferro il polso e me lo avvicino per poterlo leccare, come un gattino con il latte. Pulisco ogni centimetro del suo palmo.

"In piedi, ragazza." Mi aiuta ad alzarmi, poi mi infila le mani appiccicose nei jeans e me le mette sulla fica, muovendo un pollice sul clitoride finché esplodo in un altro orgasmo che mi inonda il corpo di piacere.

* * *

PASSANO LE SETTIMANE. Segno sul calendario i giorni trascorsi, in una rotazione di uomini: Lincoln, Jagger, Elon e Oren, Mason, Saint. Sono i miei giorni, le mie notti e i miei sogni.

Ognuno di loro è un nuovo gusto acquisito. Persino i gemelli hanno differenze che danno un sapore speciale al nostro fare l'amore. Elon mi penetra con precauzione, con gli occhi azzurri spalancati come se non riuscisse a credere che sia vero. Oren è più metodico, come se io fossi un puzzle che adesso è in grado di disfare e ricomporre con cura molto meglio che all'inizio. Hanno anche odori diversi, entrambi meraviglioso: Elon profuma di pino e di aria fresca, Oren di segatura. Quando tornano a casa coperti di fango li saluto con gioia, abbracciandoli, stringendoli per aspirare l'aria a pieni polmoni. Loro protestano dicendo che mi sporco tutta e io faccio loro l'occhiolino, suggerendo di farci una doccia insieme. Mi piace vederli arrossire fino alla radice dei capelli.

Nelle sere libere, me ne sto in sala da pranzo a giocare a dama o a strip poker con Jagger e i gemelli. Jagger di solito mi invita in camera sua a bere e fumare uno spinello. Mi ricorda molto Jack, uno spirito spensierato. Il ricordo fa male, motivo per il quale rifiuto sempre gli inviti di Jagger. Per quello e per il fatto che sono incinta.

Saint si è preso l'impegno di completare la mia educazione. Mi ha dato mucchi di libri da leggere, quasi tutti classici, ma anche un bel po' di romanzi rosa (non riesco più a leggere thriller e gialli con omicidi misteriosi senza che mi vengano gli incubi). Lincoln mi ha fatto vedere i suoi registri, le cartine e vecchi libri di scienze forestali. Anche Roy e Tommy hanno fatto amicizia con me, invitandomi in camera loro ad ascoltare musica. Ho trascorso il tempo passando da una stanza all'altra, ascoltando, imparando e vivendo con questi uomini.

E scopandomeli di notte. Scopate lente, scopate divertenti, scopate a tre, scopate dettate dall'odio e performance sadomaso.

Momenti in cui sono stata presente a me stessa, in cui ho potuto dimenticare le preoccupazioni e il peso di ciò che mi aspetta. A notte fonda, mi sono concessa a questi uomini e loro mi hanno concesso uno spazio in cui ho potuto limitarmi a esistere. Mi sono arresa con il corpo e loro hanno sedotto la mia mente.

Ma sto attenta, molto attenta, a non mettere a rischio il mio cuore.

SIERRA

*S*ono seduta a tavola da sola, attenta ai rumori che provengono dalla cucina. Nel lodge ci siamo soltanto io e Saint, in una delle giornate di libertà che si prende. Il profumo di bacon mi arriva alle narici, prendo in mano felice la forchetta quasi piangendo dalla gioia. Adoro il bacon.

"Wow, sì," mugolo quando Saint mi mette davanti un piatto colmo. Non appena lo posa sul tavolo, inizio subito a riempirmi la bocca di cibo. Comincio dalle uova, per saziare il mio avido corpo prima di godermi il bacon. Sono grata a Saint quando lascia per un momento la stanza concedendo a me e al mio piatto un po' di tempo da soli.

Quando torna e si piazza torreggiando accanto a me, sono riuscita a rallentare un po' il ritmo. Ho abbandonato la forchetta e sto mangiando con le dita per dividere attentamente le striscioline di pancetta, riservando a ciascun pezzo un trattamento speciale. Il grasso lo faccio sciogliere in bocca, mentre le parti croccanti le mastico, poi mi lecco il grasso rimasto sulle dita. C'è qualcosa di estremamente sensuale nel mangiare con le mani, la tattilità ne fa un'esperienza sensoriale completa.

Ma quando vedo di sfuggita la faccia che fa Saint mentre mi guarda, mi rendo conto di essere un animale.

Schiarendomi la voce, mi allontano dal tavolo e mi pulisco le mani con un tovagliolo, tornando alla civiltà.

Saint mi guarda, poi guarda il piatto e di nuovo me. "Devi mangiare di più," dice con la sua voce profonda.

"Lo dici di continuo." Rompo un pezzo di pane di granturco e me lo infilo in bocca.

"Bere più acqua." Saint appoggia un bicchiere alla destra del piatto. "E meno caffè." Mi toglie la tazza dalle mani.

"Ehi!" faccio io in segno di protesta, ma lui scuote una delle sue lunghe dita e se ne va. L'istinto è di corrergli dietro e di attaccarlo, ma l'effetto sarebbe quello di un topolino che affronta un elefante. Saint potrebbe schiacciarmi come fossi una zanzara, e lo sappiamo bene entrambi.

Per cui rimango seduta a finire la colazione, bevendo l'acqua a piccoli sorsi per non annegare il contenuto del mio stomaco. Quando il piatto è pulito, mi spingo indietro mettendo le mani sulla pancia prominente. Se Saint mi vede, penserà che sono gonfia di cibo.

"Mangia tutto, piccolino," sussurro. "Devi diventare grande e forte." Mi sento così sazia che quasi mi assopisco, sussultando quando sento piccoli movimenti nella mia pancia. Il mio bambino si sta agitando.

Finora la gravidanza è andata molto bene. La nausea è sparita grazie al cielo, ma ogni tanto mi prendono ancora dei momenti di stanchezza. Ci sono giorni in cui mi dimentico di essere incinta, altri in cui mi mordo la lingua per non cominciare a lamentarmi e dirlo a tutti.

Una sedia raschia sul pavimento e Saint si sistema accanto a me. Posa sul tavolo tre piatti di cibo e inizia a mangiare in modo metodico. Non sembra avere fretta, ma il cibo sparisce a tempo di record.

Quando ha svuotato per metà il terzo piatto, si ferma e mi appoggia la mano sinistra sulla nuca.

"Ti senti bene?" chiede. Fa passare le dita tra i miei capelli e l'interesse del mio corpo si risveglia.

"Oh, sì." Rispondo fingendomi tranquilla. "Stasera facciamo una delle nostre performance?" Cerco di mantenere un tono di voce indifferente ma mi allungo in avanti, con il corpo che si protende verso di lui come un fiore verso il sole.

"È questo che vuoi?"

"Sì, per favore." Sono senza fiato, con il sangue che fluisce sulle mie guance e nella fica, facendomi arrossire e sentire eccitata.

Saint si prende un momento per osservarmi. "Presto non potremo più fare le cose troppo complicate."

Raddrizzo la schiena. "Che cosa? Perché? Sono appena arrivata al punto in cui è proprio quello che desidero di più."

"Non voglio farti male."

"Non puoi farmi male. Tu mi fai star bene."

"Non so fino a che punto puoi arrivare, con il bambino e tutto il resto."

È come se sentissi un disco graffiato. Apro e chiudo la bocca sentendomi di colpo frastornata. Saint mi fissa. Non posso distogliere lo sguardo, anche se non voglio guardarlo negli occhi.

"Te ne sei accorto?" sussurro.

Senza togliere la mano dalla mia nuca, Saint beve un sorso di caffè. "So capire quando una donna è in attesa."

Porto le mani sulla pancia leggermente gonfia come per nasconderla. "Sono ingrassata..." poi mi arresto.

Saint posa il caffè e si volta. Mette una delle sue grosse

mani sul mio pancino. Riesce a coprirlo tutto con una sola mano. "Questo non è grasso. Questo è un pancione da donna incinta."

Adesso guardarlo negli occhi è impossibile. "Non sapevo come fare a dirvelo."

"Devi parlarne a tutti."

"Tu glielo dirai?" dico con un filo di voce.

"Non sono io ad avere un segreto da rivelare. Sei tu." E detto ciò, si alza e sparecchia, lasciandomi curva sulla mia sedia, ammutolita. La colazione che ho appena fatto mi pesa come un masso nello stomaco.

Quando torna, non mi sono ancora mossa. Mi sento gli occhi bruciare. "Saint, non lo sapevo. Non lo sapevo quando ho accettato il lavoro."

Mi fissa, tornando a quell'espressione impassibile che non esprime nulla di ciò che sta pensando. Vorrei piangere e urlare. Vorrei pregarlo di permettermi di mantenere il mio segreto ancora per un po', almeno fino a quando saprò dove andare per mettere in salvo me stessa e il mio bambino.

Magari potrà funzionare. Magari Lincoln non si arrabbierà, e mi permetterà di rimanere fino alla fine della stagione. Magari per allora avrò abbastanza soldi e tempo per potermene andare a sud, dove gli Hell Riders non arrivano.

Già, come no.

"Cos'hai intenzione di fare?" chiede Saint, e il cuore mi sprofonda fino ai piedi. Ha un tonopremuroso, ma distante. Nessuna traccia di empatia.

Mi stringo le braccia sul grembo. "Non lo so."

* * *

Rimango a letto per il resto della giornata. Saint mi lascia da sola, grazie al cielo. Cala la sera e il lodge si riempie del rumore dei boscaioli: stivali che battono, voci che gridano, docce che si aprono e chiudono.

Mi giro sul fianco e abbraccio il cuscino. *Devi dirglielo.* Cosa dirà Lincoln? E Mason? Non c'è la minima possibilità che mi lascino restare.

"Sierra?" Jagger mi chiama dalla porta, bussando piano. "Ti senti bene?"

"Tutto bene," rispondo gracchiante, contenta di dare la schiena alla porta.

"La cena è pronta."

"Non ho fame. Verrò... dopo." Stringo gli occhi finché non se ne va. Poi mi premo il pugno sulla bocca cercando di non scoppiare in lacrime.

Mi viene la tentazione di prendere tutti i vestiti e infilarli nel mio vecchio zaino. Di uscire di soppiatto dal retro e iniziare a camminare. Forse potrei arrivare in autostop in qualche posto decente, e vivere per strada finché arriva il freddo.

Al solo pensiero, il corpo si contrae attorno al cuscino. Chi voglio prendere in giro? Ho scommesso tutto su questo lavoro. Mi alzo e mi spazzolo i capelli con le mani che tremano. Forse potrò convincere Lincoln a farmi rimanere fino alla fine della stagione. Potrei pulire, cucinare, dare una mano in cucina, qualunque cosa. Jagger e i gemelli probabilmente mi vorranno comunque. Lincoln neanche per idea. Lo considererebbe un tradimento della fiducia che mi ha dato. Gli ho raccontato che ero in grado di fare il lavoro, e ho mentito. Tra l'altro, così come Saint anche Lincoln si sentirebbe a disagio a farsi una donnaincinta. È già stata dura convincerli ad accettarmi come una partner alla pari, in camera da letto.

Mason. Lui sì che potrebbe trovare la situazione eccitante. Non è stato tradito dalla sua ultima ragazza, che poi si è fatta mettere incinta? Potrei appellarmi a lui sulla base del fatto che questa potrebbe essere un'ottima opportunità di vendetta. Ma naturalmente, la migliore vendetta sarebbe buttarmi fuori a calci nel sedere.

Niente Mason, quindi. Vaffanculo.

Poso la spazzola e prendo il mascara, poi poso anche quello. Non vorrei attirare troppo l'attenzione sui miei occhi rossi. E nemmeno il mascara più resistente all'acquareggerebbe a un bel pianto di quelli copiosi. Non voglio che mi vengano degli occhi da procione.

Il mio stomaco borbotta quando apro la porta. Se sono fortunata non vomiterò. Fantastico. Chissà, magari questo potrebbe convincerli a farmi restare.

Il coro di voci maschili si leva a salutarmi quando entro nella sala mensa. Poi scema in un basso mormorio, mentre mi avvicino.

"Sierra? Va tutto bene?" Lincoln mi guarda preoccupato. Fa per alzarsi, ma io spingo avanti la mano per fermarlo.

"Ho una confessione da fare." La mia voce rimbomba nell'ampio locale mentre faccio quella proclamazione a mo' di oracolo. Aggrottando la fronte, Lincoln si risiede.

Deglutisco. "Devo dirvi una cosa." Ho un momento di esitazione, il mio sguardo resta bloccato su quello di Saint. Il grosso omone si appoggia al muro dietro di sé. Mi guarda negli occhi e mi fa un lento cenno di assenso. "Sono incinta."

Silenzio. Quasi tutti i ragazzi rimangono immobili, come se non avessi detto niente. Roy e Tommy si scambiano un'occhiata.

Elon alza la mano. Punto il dito su di lui come se fossi una maestra d'asilo.

"È mio?" chiede, con i suoi occhioni azzurri innocenti.

Mi sento sciogliere un po'. "No," rispondo dolcemente. "Ero già incinta quando sono arrivata qui."

Nessuno fa commenti. Allargo le mani come per offrire

dei motivi, una spiegazione, ma le mie mani sono vuote, non ne ho.

"Be'... questo non ce l'aspettavamo," fa Jagger con il suo accento strascicato. Non sembra infastidito o turbato. Gli occhi dei gemelli dardeggiano per la stanza, come aspettando di vedere come reagiranno gli altri. Mason fissa il pavimento.

La sedia di Lincoln raschia sul pavimento mentre si allontana dalla tavola. "Niente spettacolo stasera. Sierra è di riposo."

"Ma è il mio..." comincia a dire Jagger.

"Ho detto di no," sbotta Lincoln. Mi pianta una mano sulla nuca e mi spinge verso camera sua, tenendomi come un orso che stringe tra i denti un gattino per la collottola. Il terrore che mi è preso allo stomaco rischia di fuoriuscire.

Una volta in camera sua, mi faccio piccola piccola andando verso il letto.

"Siediti," mi dice Lincoln imperioso. Lui rimane in piedi, riempiendo la stanza con la sua stazza, i suoi muscoli e il cipiglio torvo sul viso coperto dalla barba nera. Mi accorgo di aver portato istintivamente le mani sulla pancia. Le ritraggo, notando con vergogna che Lincoln ha gli occhi puntati su di essa.

"Di quanti mesi sei?" chiede a labbra strette.

"Sono più o meno a metà."

"Il padre?"

Morto. "Fuori dai giochi."

Lincoln comincia a camminare avanti e indietro per la stanza. "Sei stata violentata?"

"Cosa?" Scuoto la testa un pochino perché non sono sicura di aver sentito bene la domanda.

La figura di Lincoln torreggia sopra di me, i capelli arruffati, gli occhi incazzati. "L'uomo che ti ha messa incinta, ti ha violentata?"

Rimango per un attimo a bocca aperta prima di rispondere: "No. Stavamo insieme. Eravamo giovani e sciocchi e abbiamo fatto sesso senza preservativo, ma non mi ha violentata." Una specie di ringhio sfugge dalla gola di Lincoln. "Non è da lui che sto scappando," aggiungo a bassa voce.

Lincoln riprende a camminare avanti e indietro e io lo seguo con lo sguardo da un angolo all'altro della stanza. "E la tua famiglia? Lo sanno che sei qui?"

"No. Voglio dire, non ho una famiglia." Non è del tutto vero. Come ho accennato a Elon, ho due fratellastri che vivono negli stati contigui degli USA che Lynny ha nominato qualche volta, ma non li ho mai incontrati e non sanno niente di me.

Si passa una mano sulla mascella, strofinandosi la barba. "Niente madre o padre? Nessuno?"

"Mia madre è morta," dico in fretta. "E non so chi sia mio padre. Lynny non me l'ha mai detto."

"Lynny?"

"Mia madre." Mi strofino la pancia. Nemmeno questo povero bernoccolino conoscerà mai suo padre.

"Okay." Lincoln continua a camminare avanti e indietro e la stanza sembra diventare sempre più piccola a ogni passo che fa. "Okay. Amici allora, qualcuno di cui ti puoi fidare…"

"Perché mi stai facendo queste domande?" Mi alzo dal letto e metto le mani sui fianchi. "Qual è il tuo problema?"

"Il mio problema?" Lincoln si ferma. "Hai ventun anni. Sei sola al mondo. Sei incinta…"

"E a te che te ne frega?"

"Io ci tengo a te," ruggisce così forte da far tremare la porta. Si avvicina impetuoso, poi si controlla e mi posa gentilmente le mani sulle spalle. "I tuoi problemi sono anche i miei."

Mi mordo il labbro.

"Sierra..."

"Ti stai sbagliando. Il problema è mio. Esclusivamente mio."

"Ah, sì? E cosa farai?" Fa segno con la mano verso la finestra. "Te ne andrai?"

"Se vuoi," sussurro. Fa un sobbalzo, come se lo avessi colpito.

"Pensi davvero che io voglia che te ne vada?" Si precipita su di me e io sussulto, ma si limita a piegarsi sulle ginocchia e a prendermi le mani, carezzandole. "Pensi che non ti aiuterei?"

Alzo le spalle, incapace di trovare una risposta. Dai miei occhi iniziano a sgorgare le lacrime, scendendomi sul viso in due identici piccoli rivoli.

Lincoln impreca borbottando e mi attrae a sé. "Vieni qui." Il suo corpo è caldo e forte, la camicia morbida. Affondo il viso sul suo petto e comincio a singhiozzare. Lui mi tiene stretta.

"Cazzo, Sierra," mormora Lincoln, con una mano sulla mia testa per tenermi vicina. "Non sei sola."

Faccio un passo indietro e tiro su col naso. La mia faccia è un disastro di lacrime e muco, ma almeno non ho gli occhi da procione. Devo fare un paio di tentativi prima di ritrovare la voce. "Non lo sono?" dico singhiozzando.

"No," mi dice Lincoln. Le sue grosse braccia da orso si stringono attorno a me.

Un forte colpo alla porta mi fa sobbalzare.

"Entra," dice Lincoln, e mezzo secondo dopo la porta si apre. Mason si pianta sulla soglia, con la mascella serrata. La sua faccia si rabbuia quando vede il mio viso rigato di lacrime. Mi volto dall'altra parte, senza forze. Non me la sento di affrontare i suoi malumori.

"Va tutto bene?" chiede a Lincoln, fissandome.

"È tutto a posto," sorrido e mi asciugo gli occhi, per essere più convincente. "Stavamo solo... cercando di risolvere alcune cose."

"Lei non va da nessuna parte. Non la sbatti fuori di qui." Mason affronta Lincoln, incrociando le braccia sul petto. Non è alto come il loro caposquadra, ma è tutto muscoli. Il suo corpo sta urlando, *Prova a fermarmi*.

Ho un leggero capogiro. Mason mi sta difendendo? Se svengo dalla sorpresa spero di cadere sul letto.

"Non penserai che..." Lincoln si accorge che sono instabile e mi mette un braccio attorno. Sta facendo dei respiri profondi che gli allargano il petto. "No." La sua voce è scesa di almeno un'ottava. "Non la mando via. Qui Sierra è a casa sua." Il suo braccio mi stringe di più. "Qui con noi."

Mason mi fissa per un istante, con uno sguardo penetrante. Indietreggia, ancora con l'aria arrabbiata, fa un cenno affermativo con il capo e se ne va sbattendo la porta.

Io faccio un sospiro, accasciandomi contro Lincoln. Lui mi sfiora la fronte con le labbra e mi guida verso il letto, sedendosi con la schiena contro la testiera e prendendomi tra le braccia. Una delle sue grandi mani si posa sulla mia, adagiata sul ventre. Piego la testa per guardarlo, mi tiro su la maglietta e gli appoggio i palmi sul lieve rigonfiamento. Allarga le dita sulla mia pelle tesa, quasi non osando toccarmi, come se tenesse una bolla di sapone che non vuole far scoppiare. Metto le mani sulle sue e gliele premo sulla pancia, lui fa un respiro tremolante. Quando finalmente mi tiene la pancia, quando mi tiene davvero, emetto un sospiro di sollievo.

"Perché non me l'hai detto?" mormora, senza distogliere lo sguardo dal mio ventre.

"Non lo sapevo, finché non siamo stati dal medico. A quel punto ho pensato che mi avresti cacciata. Adesso so che non sarebbe andata così," aggiungo rapida, vedendo che i suoi occhi si stanno di nuovo rabbuiando. "Ma questo non è un posto per un bambino."

Le sue mani sono così grandi da coprire quasi completamente il mio pancino. Con le dita mi carezza sui fianchi. "Cos'hai intenzione di fare?"

Trattengo una risata isterica. "Rimanere qui fino alla fine della stagione. Ballare ogni sera e scopare chiunque mi voglia. Quando sarà finita... prendere i soldi e cercare di sopravvivere."

"Non hai pensato che avresti potuto chiedere il mio aiuto?" Il suo tono è accusatorio.

Volevo farlo. Mi mordo il labbro.

"E allora?" Per un attimo i suoi occhi scuri, amareggiati, mi ricordano quelli di Mason.

"Non so. Mi dispiace. Non volevo dare per scontato..."

Le mani di Lincoln lasciano la mia pancia per afferrarmi le spalle e farmi di nuovo voltare prendendomi di nuovo nel suo grembo, completamente bloccata tra le sue braccia. La sua barba mi fa il solletico al collo e i suoi possenti bicipiti sono gonfi attorno a me. Mi da una forte stretta, e io mi lascio andare. Il duro groviglio di nodi che sentivo in petto si allenta.

Rimaniamo così a lungo, con il mio respiro che rallenta adattandosi al suo. Potrei raggomitolarmi e addormentarmi così, andando in letargo come un piccolo orsetto protetto dalle braccia di un uomo forte.

Proprio mentre mi sto assopendo, le labbra di Lincoln trovano il mio orecchio. "Sierra. Non lo capisci? Ti ho trovata. Starai con me."

* * *

Oren

IL MIO COLTELLINO affonda nel morbido legnoa meno di un millimetro dal pollice. Un colpo lungo, lento, e di colpo mi rendo conto di avere 'l'espressione accigliata da intaglio', come la definisce mio fratello quando sono concentrato. Rilasso subito i lineamenti, nel caso qualcuno dovesse passare qui davanti e chiedersi perché sono contrariato.

Sono passate due ore da quando Sierra ci ha dato la notizia e molti di noi sono contrariati. Non Roy e Tommy, loro due sono spariti in camera loro dopo aver aiutato a sparecchiare. Lincoln è ancora con Sierra. Ha lasciato la sua stanza unicamente per chiedere un piatto di cibo. Saint glielo ha dato e i due sono rimasti un attimo a confabulare in corridoio, prima che Lincoln rientrasse in camera con il piatto in mano. C'è stato un piccolo litigio quando Jagger ha affrontato Saint, insistendo che voleva vedere Sierra, ma poi Jagger ha rinunciato dopo che Mason lo ha rimproverato. Adesso sono tutti nella sala mensa lontani gli uni dagli altri, chi seduto, chi a rimuginare o a girovagare per la stanza, come se Sierra potesse spuntar fuori da un momento all'altro dicendo che era solo uno scherzo. Un'ora fa ne ho avuto abbastanza di essere circondato da sguardi torvi e sono venuto in camera mia.

Non posso dire di essere arrabbiato. Credo che nessuno lo sia, a parte Jagger, forse. È arrabbiato e arrapato allo stesso tempo perché credeva che fosse il suo turno con Sierra stasera. Il nostro accordo sembra che adesso sia saltato. A me non importa. Mi mancherà il sesso, certo, ma non me ne faccio un cruccio. Se Sierra dovesse andarsene, il sesso mi mancherà ma mi mancherà soprattutto lei.

In fondo al corridoio, il rumore della doccia si interrompe. Un minuto dopo, mio fratello entra nella stanza, indossando solamente un asciugamano. Lascia la porta aperta, mentre si asciuga e si veste.

"Cosa stai facendo?" chiede Elon.

Alzo le spalle. Michelangelo ha detto che la scultura si fa *per forza di levare*. Il processo del togliere. Vedeva un blocco di marmo e rimuoveva tutto ciò che nascondeva la scultura che vi era contenuta. Io ho la stessa concezione riguardo all'intaglio del legno. Questo pezzo di legno di pino contiene una figura. Se sto qui seduto e continuo a inciderlo, riuscirò a farla emergere.

Alcuni usano dei coltelli da intaglio speciali e ordinano legno di prima qualità per le loro sculture. A me invece piace intagliare qualsiasi pezzo mi ritrovi a portata di mano. Mi bastano del legno di pino e un coltellino. Qui attorno di legno ce n'è a bizzeffe, e io lo raccolgo. A stagione terminata, vendo i pezzi migliori su Etsyagli appassionati di intaglio. Ho anche una piccola videocamera per fare dei filmati in cui scolpisco un pezzo dall'inizio alla fine, per mostrare la tecnica che uso. I miei video su YouTube sono piuttosto popolari, soprattutto quelli in cui intaglio cani ed elefanti. Saint ha detto che mi insegnerà a creare un paywall e trasformare i video in un corso, quest'inverno.

Il letto cigola quando Elon si siede. Se ne sta zitto per un po', ma lo so che ha voglia di parlare. Potrei chiedergli qualcosa, ma se ho la pazienza di aspettare, prima o poi si aprirà.

Alla fine, si gratta in testa e chiede: "Tu vuoi avere dei figli?"

Lo guardo come se fosse impazzito. "Sì."

"Quanti?"

Alzo le spalle. "Tutti quelli che vorrà avere la mia donna." Il mio coltello arriva in fondo al pezzo e un lungo, bellissimo truciolo di legno si arriccia e cade nel mucchietto ai miei piedi.

Elon fa un sospiro. Io continuo a incidere, sentendo il suo

sguardo sulle mie mani. Avrei voglia di voltarmi dall'altra parte, nascondere la mia creazione come se fosse troppo delicata per essere vista.

"Che ne diresti di Sierra? Ti piacerebbe avere dei figli da lei?" mi chiede.

Mi fermo per un attimo. Il mio uccello sussulta all'idea di tenere Sierra tra le braccia, farla sdraiare sul letto e penetrarla. La sua pelle è come il più liscio dei marmi, una scultura calda e viva, ogni sua curva e avvallamento perfetti sotto le mie mani. Chissà come sarebbe vedere il suo corpo cambiare e il pancione crescere, sapendo che è il mio seme ad aver messo radici dentro di lei?

"Sì," rispondo. "Sì, mi piacerebbe avere dei figli con Sierra. Se lei mi volesse."

Elon sospira di nuovo. "Anche a me." Si agita irrequieto e io torno alla mia scultura. Ero sempre irrequieto come lui, prima di iniziare a intagliare il legno.

"Lincoln dice che rimarrà qui finché non nascerà il bambino, forse anche dopo." Elon si gratta la barba. "Lui e Saint stanno ragionando sulla possibilità di trovarle un posto in città, o di portarla a sud. Intendono aiutarla."

Annuisco con aria di approvazione. "Anch'io la aiuterò."

"E io pure," dice Elon rapidamente. "Avrà bisogno di un sacco di cose per il bambino. Pannolini, biberon, abbigliamento da neonato. Gliene servirà parecchio, qui fa freddo d'inverno. Sarebbe meglio se comprassimo un bel po' di cose calde per il bebè. Ne parlerò a Lincoln." Mio fratello si alza e si avvicina alla finestra, sul cui davanzale ci sono molte delle mie sculture. Un alce, un cane, un elefante. Una giovane fata, con ali sottili. Elon le dà un colpetto con un dito. "Maglie di lana, calzini e copertine," borbotta. "E berretti. Disperdiamo gran parte del calore attraverso la testa. Per questo i bambini dovrebbero sempre avere il capo protetto." Prende in mano la statuetta della fata, che sparisce nella sua grande mano. Mi mordo la lingua per non dirgli di fare attenzione. Quella statuetta è la sua preferita, dovrei regalargliela. Prima però voglio farne un'altra uguale, per me.

"Berretti da bambino," dice Elon pensoso guardando fuori dalla finestra, sempre tenendo la statuetta in mano. "Forse dovrei imparare a lavorare a maglia."

* * *

SIERRA

"QUELLA È UNA MANO. Vede che si sta agitando?" chiede il medico.

Annuisco, anche se in realtà non vedo niente. L'ecografia sembra un paesaggio alieno, uno schermo TV in bianco e nero pieno di interferenze elettriche.

"Cosa significa?" chiede piano Lincoln. È accanto a me, e mi tiene la mano mentre il medico muove la sonda sulla mia pancia, spostandola da una parte all'altra per permetterci di vedere bene il bambino.

"Ancora da un'altra angolatura per essere sicuri," mormora il medico. Spreme dell'altro gel sulla mia pancia nuda.

"Fa male?" Lincoln abbassa la testa vicino alla mia, con la fronte corrugata. Da quando ha saputo la notizia, si è mostrato molto premuroso nei miei confronti.

"No," gli stringo la mano. "È solo freddo."

"Battito cardiaco, centoquaranta," ci informa il medico.

"È normale?" Lincoln sembra allarmato.

"Oh, sì. Perfettamente nella norma."

Sia Lincoln che io facciamo un profondo sospiro.

"Sembra tutto a posto. E ha detto di voler sapere di che sesso è?"

Annuisco e stringo ancora più forte la mano di Lincoln.

"Congratulazioni," dice il medico. "È una bambina."

* * *

SAINT

IL VENTO mi sferza le guance mentre mi appoggio al furgone. Accanto a me, Elon fa la stessa cosa. Suo fratello è seduto sul pianale del furgone, intaglia un pezzo di legno con un coltellino tascabile. È sempre lì che scolpisce qualcosa. Da come Elon trabocca sempre di energia, vorrei che imitando il fratello e si trovasse anche lui qualcosa con cui tenere occupate le mani. Gli altri ragazzi sono andati tutti all'emporio. Io ero già andato a fare i miei acquisti a inizio settimana, perciò non avevo bisogno di tornarci. Quando Sierra ci ha informati timidamente che durante questa visita medica avrebbe saputo il sesso del bambino, all'improvviso tutti hanno trovato un motivo impellente per voler venire in città.

"Cosa pensi che sia? Maschio o femmina?" chiede Elon.

Scrollo le spalle. Stasera, io e Lincoln prenderemo Sierra da parte e le diremo qual è il nostro piano. L'avremmo comunque aiutata, fino a che ne avesse avuto bisogno. Ormai dovrebbe averlo capito che per noi è una persona speciale. Può darsi che scelga di stare con noi o può darsi di no, ma ci auguriamo che ragioni sulla possibilità di rimanere a vivere con noi, per il bene di suo figlio.

"Da quanto tempo sono dentro?" dice Oren en passant, infilandosi in tasca il coltellino e il pezzo di legno che stava scolpendo.

Io scrollo di nuovo le spalle, digrignando i denti per la banalità delle domande che i gemelli continuano a fare.

"Andrà tutto bene? Quando finiranno?"

"Immagino che lo sapremo presto," dico lanciando un'occhiata all'insegna del medico. Dovremo trovare un modo per far andare Sierra in un posto più vicino alla città, quando starà per partorire, altrimenti correremmo il rischio che qualcuno di noi debba far nascere il bambino.

"Va tutto bene. C'è Lincoln dentro con lei," ricordo ai gemelli prima che inizino ad agitarsi troppo. Il nostro caposquadra ha insistito per accompagnarla, poggiandole una mano sull'esile schiena, con un'aria da padre responsabile. Scommetto che vorrà dare il suo cognome al bambino, se Sierra glielo permetterà.

Oren si tranquillizza, riprendendo il suo lavoro d'intaglio. Elon cammina avanti e indietro lungo il fianco del furgone. Mi mordo la lingua per evitare di urlargli qualcosa dietro. Sto invece tenendo d'occhio la stazione di servizio che c'è qui accanto. Diverse moto entrano ed escono, sono più quelle che arrivano di quelle che se ne vanno, finché tutto il piazzale è costellato di abbigliamento in pelle e cromature.

"Ehi," grida Jagger avvicinandosi. Il resto dei ragazzi lo segue, con Mason che chiude la fila. "Si sa qualcosa?"

Scuoto la testa senza dire niente mentre lo sguardo di Jagger si sposta su qualcuno alle mie spalle.

"Hanno finito," annuncia Elon senza che ve ne sia alcun bisogno, mentre Lincoln accompagna Sierra giù dalla rampa per le sedie a rotelle. La pancia si sta cominciando a vedere, sotto la maglietta. Sierra ha l'aria pallida, ma ci fa un sorriso.

"Allora?" chiedono i gemelli circondandola. Lei alza gli occhi per guardarci: siamo tutti così alti che per farlo deve alzare gli occhi, ma sa tenerci testa alla grande. "Lo hai scoperto?"

"Sì," risponde Lincoln con una vaghezza esasperante.

"Allontanatevi un po'," ammonisce brusco vedendo che tutti i ragazzi sono addosso a Sierra.

"Va tutto bene," dice lei. La sua voce dolce nasconde la sua volontà di ferro. "È una femmina."

Jagger la prende tra le braccia e la fa girare, coprendo con le sue grida di gioia le proteste di Lincoln. Quando la rimette a terra i gemelli, e persino Roy e Tommy, si mettono in fila per abbracciarla. Mason rimane seminascosto sul fondo del furgone.

"Ehi, che ne dite di mangiare qui?" Jagger indica con il pollice il ristorante accanto alla stazione di servizio. "Ne ho sentito parlare bene. Il parcheggio è pieno."

"D'accordo," risponde Lincoln distrattamente. "Vai a prendere un tavolo?"

Sierra sta mostrando ai gemelli una foto dell'ecografia. Quando alza le braccia, le maniche le scendono lasciando intravedere alcuni cerotti.

Le scivolo accanto. "Tutto a posto?"

"Oh sì," risponde ridendo quando le tocco il braccio. "Mi hanno solo fatto dei prelievi. Va tutto bene. La bambina, io... tutto."

"Bene." Incrocio lo sguardo di Lincoln. Dobbiamo discutere il nostro piano quanto prima possibile.

Cominciamo ad attraversare il parcheggio per dirigerci al ristorante, il rombo di altre moto squarcia l'aria.

"Da queste parti girano un mucchio di motociclisti, ultimamente," dice Elon.

Il passo di Sierra si fa esitante. Incurva le spalle e si volta dalla parte opposta, anche se con la loro corporatura, i ragazzi davanti a lei la coprono alla vista.

Lo faccio notare a Lincoln ed entrambi osserviamo Sierra farsi piccola piccola, abbassando la testa e nascondendo il viso con i capelli. Si piega praticamente in due curvandosi sopra al suo pancino, e si ferma esitante prima di superare la fila di motociclette.

Abbiamo appena attraversato il parcheggio, quando i motociclisti alzano gli occhi e la notano. Allungo la mia ombra su di lei.

"Ehi," mi fa uno dei biker. Io lo ignoro. Non ci sono molti neri a queste latitudini. Ma ci vogliono buoni motivi prima di mettersi a litigare con uno della mia stazza.

Riflesso nel vetro della porta del ristorante, vedo Lincoln riportare Sierra al furgone. Una volta che scompare dalla vista, infilo dentro la testa per chiamare il resto della squadra. "Ragazzi. Jagger. Usciamo di qui."

"Ma io credevo che avremmo mangiato..." Jagger si gira con l'aria sorpresa.

"Fai come ti pare." Mi giro su me stesso infastidito e mi dirigo anch'io verso il furgone. I motociclisti non si rivolgono più a me, ma il loro astio mi segue a ogni passo che faccio. Hanno voglia di attaccare briga.

Lincoln mi viene incontro a metà strada.

"Cosa sta succedendo?" Continuo ad andare verso il furgone.

"Non lo so. Sembrava spaventata."

Impreco sottovoce, voltandomi a guardare i motociclisti.

"Riportala indietro," dice Lincoln. "Hai attirato la loro attenzione." Fa un cenno verso la fila di biker allineati, che fumano e mi lanciano occhiate furtive.

"Non avranno mai visto un nero di persona," sbuffo.

"Sì, be', potrebbero volere qualcosa di più che vedere e basta. Gli Hell Riders controllano questo territorio. Probabilmente sono solo di passaggio, per raccogliere il pizzo."

"O per cercare qualcuno."

"Già. Andatevene di qui." Lincoln mi porge le chiavi. "Vado a radunare il resto dei ragazzi, cercheremo di distrarli. Sierra è spaventata da morire. Presto dovrà dirci la verità."

Sierra non dice niente quando salgo sul furgone. Si è

lasciata scivolare in fondo al sedile, con la testa rincantuc-
ciata sotto il cappuccio. Se qualcuno guardasse sul sedile del
passeggero, non vedrebbe altro che il cappuccio della felpa.
Rimango in silenzio, mentre lei si accovaccia. Sta battendo i
denti, anche se non fa così freddo.

Aspetto a parlare finché non siamo fuori città. Dopo aver
percorso alcune miglia, lei si alza un pochino, sbirciando
fuori dal finestrino. Le unghie, strette sul bordo della felpa,
sono morsicate fino alla pelle viva.

"Il padre del bambino era un Hell Rider." Non sposto gli
occhi dalla strada.

"Sì," risponde in un sussurro, con il terrore che passa nel
suo sguardo. Non posso fare altro che proseguire per la mia
strada, evitando di tornare indietro e mettermi a litigare con
quei biker. Ne lascerei una buona metà a terraincoscienti.

Allungo il braccio e le poso una mano sul ginocchio. È
così minuta che la mia mano lo copre completamente. "Non
permetteremo che ti accada nulla."

Scuote la testa facendo segno di sì. Le stringo il ginocchio
per essere certo che capisca.

"Io e Lincoln ti abbiamo fatto una promessa. Il resto dei
ragazzi ci aiuterà, ma basta uno di noi per portare a termine
il piano. Non c'è niente di cui tu debba aver paura. Ti daremo
tutto quello di cui hai bisogno, anche dopo che avrai avuto la
bambina."

"Lo so," dice dolcemente. "Grazie."

"E se qualcuno ti minacciasse, dovrà vedersela con noi."
Con la coda dell'occhio, la vedo irrigidirsi e tolgo la mano.
Non ho potuto evitare di cambiare profondamente il mio
tono di voce. Là fuori c'è qualcuno che rappresenta un pericolo per Sierra. Quando scoprirò chi è, smetterà di esistere
sulla faccia della terra. È solo questione di tempo.

Mi sforzo di sembrare calmo. "Va tutto bene. Sei al sicuro.
Adesso sei con noi."

Trattengo il respiro finché non annuisce. Sembra convinta. Un giorno o l'altro si aprirà con me o con Lincoln, e noi l'aiuteremo. Lincoln mi ha detto chiaramente di non spaventarla.

"Sei una brava ragazza," le dico lodandola. "È bene che tu lo sappia." Quando svolto per entrare sull'autostrada a corsia unica sento che si rilassa e aggiungo: "Non permetto a nessuno di toccare ciò che è mio."

* * *

SIERRA

IO E SAINT siamo arrivati al lodge molto prima di tutti gli altri. Mi ha fatto mangiare un sandwich e bere un bicchiere di latte, torreggiando sopra di me mentre mangiavo. Ho avuto la sensazione che se mi fossi rifiutata avrebbe masticato lui il cibo per me e poi mi avrebbe imboccata, come fa la femmina di un uccello con i suoi pulcini. Terminato il pasto, mi ha portata in camera sua e mi ha dato una barretta di cioccolato e un libro con la copertina flessibile bianca e rosa. Mi ha spiegato che è stato scritto da un'ostetrica, e contiene molti consigli utili e descrizioni di vari parti. Mi è bastato sfogliarlo per un minuto per capire che aveva ragione.

Dopodiché mi sono subito sdraiata sul suo letto e sono caduta in un coma cioccolatoso. Non ho potuto evitarlo. Per quanto dorma la notte, dopo pranzo mi cascano le palpebre e devo dormire per almeno un'ora. Me ne sono lamentata con Saint e lui ha detto che la bambina esercita il suo potere su di me.

Vengo risvegliata da voci che si alzano, si abbassano, litigano. I ragazzi sono tornati.

Sfregandomi gli occhi, vado a passo felpato in corridoio. I

ragazzi sono riuniti in gruppo tra il tavolo e la porta, formando un cerchio di volti barbuti e furenti.

"Penso semplicemente…" sta dicendo Jagger, quando Lincoln si piazza davanti al biondo e afferra il pezzo di carta che ha in mano.

"Non sono affari tuoi," ringhia il caposquadra. "Quando se la sentirà ce ne parlerà."

"Di cosa state parlando, ragazzi?" La mia voce cade tra di loro come una granata.

Lincoln, Mason e Saint si girano a guardarmi. Elon e Oren hanno l'aria colpevole.

"Ecco qui." Jagger strappa di mano a Lincoln il pezzo di carta e lo allunga verso di me. Mi avvicino per prenderlo e mi blocco, riconoscendo l'immagine anche da qualche passo di distanza. È una mia vecchia foto. Un manifesto di persona 'scomparsa'. Con sopra la mia faccia.

Divento pallida come un cencio. "Dove lo hai preso?"

"Era appeso in una bacheca al ristorante."

"C'è una ricompensa," mi fa notare Jagger. "Diecimila dollari. Basterebbe chiamare e sarebbero nostri."

Scuoto la testa già prima che termini la frase. "No. No." Devono averlo messo gli Hell Riders. Dex sa che io ero lì quando Jack è morto. È molto furbo: non puoi gestire un club come quello degliHell Riders se non hai cervello. Dex possiede una combinazione perfetta di intelligenza, carisma ed estrema spietatezza. *Falla entrare, Jack. È ora di condividere.* Se è me che vuole, nulla potrà fermarlo.

Jagger sta di nuovo dicendo qualcosa, facendo sventolare il manifesto. Il ronzio che ho nelle orecchie mi impedisce di sentire. Ho bisogno di scappare, di nascondermi. Lincoln mi viene davanti, le sue labbra si muovono. Vuole sapere cosa c'è che non va. Scuoto la testa. Il mio cervello è in tilt, ma sta correndo come un topino terrorizzato. Per quanto ci provi, non riesco a sillabare una risposta o una spiegazione chiara.

Mason spinge Jagger con l'aria disgustata. "Mettilo via."

"Ma..." protesta Jagger.

"Fa come ti dice," gli ordina Lincoln. "Non vedi com'è sconvolta?" Il suo ampio petto copre la mia visuale e dopo un attimo mi ritrovo tra le sue braccia, aggrappata alla sua maglietta termica come se potessi trarre forza dai muscoli che ci stanno sotto.

Dietro di noi, il cerchio dei ragazzi si sfalda. "Diecimila dollari," faJaggerpieno di amarezza, e Mason tira fuori una sfilza di parolacce. Si leva un grido - il mio -, rotto dalla voce rombante di Saint che dice loro di lasciarmi in pace.

Poi Lincoln mi solleva tra le braccia. "Shhh, va tutto bene," mormora. Mi rannicchio contro il suo petto, nascondendo il viso sotto la sua barba, respirando il profumo di sapone al cedro e limone. Il borbottio di voci maschili si allontana. Una porta si chiude e Lincoln si siede sul letto. Mi massaggia la schiena facendo ampi cerchi. A ogni carezza, il ronzio che ho nelle orecchie si attenua. Sto ansimando un po', le mie dita affondano nella sua carne. Allento la presa e lo guardo, incapace di formare un sorriso.

"Va tutto bene," mi ripete serio. "Sei al sicuro qui."

Le sue parole mi rimbalzano nel cervello. I miei occhi sbarrati lo fissano dicendo *Non capisco di cosa parli*.

Lincoln riesce a interpretare il mio muto stato confusionale. "Saint e io ci siamo parlati." Mi stringe le gambe, massaggiandole mentre inizia a spiegarmi. "Vogliamo che tu rimanga qui fin dopo la nascita della bambina, e anche dopo. Ti aiuteremo. Non devi preoccuparti di lavorare o fare altro per noi..."

Lascio cadere il capo sul suo petto, incapace di sostenerne il peso. Lincoln smette di parlare. Mi tiene stretta, sfregandomi la schiena e stringendo i miei muscoli tesi con le sue manone, forti e gentili.

"Con me puoi parlare," dice. "In qualsiasi momento. Lo sai, spero."

Faccio un sospiro e annuisco contro lo scudo d'acciaio dei suoi pettorali. Le sue mani continuano a massaggiarmi. Mi stanno dicendo: *Shh. Va tutto bene. Quando te la sentirai.*

"Saremo dalla tua parte, qualunque cosa tu decida di fare," aggiunge. "Non permetteremo che ti accada nulla."

SIERRA

ei giorni successivi, tengo un basso profilo. Lascio la mia stanza per fare la doccia e per mangiare, scegliendo orari in cui i ragazzi sono al lavoro e il lodge è vuoto. Jagger ed Elon cercano invano di convincermi a uscire. Dopo qualche giorno, rinunciano e sono pronta a scommettere che sono stati Lincoln e Saint a dire loro di lasciarmi in pace. Rimango a letto con un libro in mano, guardando il soffitto.

Penso molto a ciò che mi ha detto Lincoln. Al fatto che lui e Saint troveranno una sistemazione per me e la bambina. Non ho dubbi che mi vogliano aiutare, ma che tipo di vita potremmo fare qui? Una donna e una bambina con una squadra di boscaioli. Cosa implicherebbe? Che rapporto avrei con loro? Anche se fossi sicura che gli Hell Riders non mi potessero trovare e scatenare la loro vendetta su chiunque mi abbia aiutata a nascondermi, non credo proprio che tutti i ragazzi si sentirebbero a loro agio a darmi vitto e alloggio all'infinito. Non quando sarò una madre single, anziché un bel culo a portata di mano.

In realtà però non so cosa pensino i ragazzi. Sono troppo terrorizzata all'idea di uscire dalla mia stanza e scoprirlo.

Un pomeriggio, sono sdraiata a letto strofinandomi la pancia quando la porta si spalanca e Mason irrompe in camera mia. Mi affretto a tirarmi su, con i capelli che mi scendono sul viso e sulle spalle, ma lui non mi guarda.

"Ecco." Sbatte qualcosa sulla cassettiera, così forte che la fa tremare. "Devi prendere queste." Dopo aver lanciato un'occhiata bieca a ogni angolo della stanza se ne va.

Aspetto che la porta sbatta dietro di lui prima di andare a vedere il suo regalo. Un flacone di integratori prenatali. Il mio cuore si stringe e faccio fatica a deglutire o a respirare. Mi porto il flacone alla bocca e premo le labbra sul coperchio.

Alcuni ragazzi mi portano della cioccolata o dei fiori. Incredibile sentire Mason dire 'Scusa' mentre mi porta la dose giornaliera di acido folico raccomandata.

Quella sera lascio camera mia per la prima volta in una settimana per andare in sala mensa. Le chiacchiere dei ragazzi si riducono a un brusio mentre mi avvicino. Nelle loro facce barbute si leggono molte ipotesi, ma quando arrivo, Saint mi offre una sedia dove sedermi.

"Grazie," rispondo. Non faccio in tempo a sedermi che già Oren mi mette un piatto sotto il naso, Roy mi passa dei biscotti e Mason spinge il burro verso di me. Rimango in silenzio e mi concentro sul piatto, ma non posso fare a meno di sorridere.

Forse potrebbe anche funzionare, in fondo.

* * *

LINCOLN

. . .

"Hai la cerniera aperta, amico," sussurra Tommy sorridendo, mentre mi passa davanti.

Lo ringrazio con un cenno del capo e mi tiro su la cerniera dei jeans, tornando a lanciare un'occhiata in camera mia. Sierra sta dormendo su un mucchio di coperte, coi capelli neri sparsi sul cuscino e le mani posate sulla pancia. Ultimamente dorme molto più di prima, il suo corpo lavora per far crescere la piccola creatura.

Chiudo la porta senza fare rumore e mi incammino nel corridoio. Dalla cucina, arriva il rumore di una pentola che cade fragorosamente sul pavimento.

"Shhh," sibila qualcuno prima che io possa dire qualunque cosa. "Non fare rumore, Sierra sta dormendo."

Abbassando la testa per nascondere un sorriso, vado verso la stanza di Saint e busso alla porta.

"Entra." L'omone è seduto sul letto e sta guardando corrucciato un notebook che tiene in grembo. "Dobbiamo fare qualcosa per Jagger. Ha saltato tre turni questa settimana, e agli altri è arrivato che puzzava come una fumeria di oppio. Nessuno lo ha mai beccato, ma è probabile che fumi di nascosto qui all'interno."

Mi stringo due dita sul ponte del naso. "Che coglione," borbotto. "Potrei far finta di niente, se solo fosse così furbo da farlo fuori dal lavoro."

"Non è esattamente una cima." Dice Saint con voce strascicata. "L'ultima volta che è stato in città chiedeva in giro per roba più forte. Ha parlato con dei tipacci loschi."

Lascio cadere la mano. "Dovrò richiamarlo. Non ho certo bisogno che la polizia venga a mettere il naso da queste parti. O che arrivino degli spacciatori."

"Vuoi sapere qual è la cosa più assurda?" continua Saint. "Credo che lo stia facendo per far colpo su Sierra."

Le parole non bastano per descrivere la stupidità di Jagger, perciò mi limito a scuotere la testa.

"Già," Saint concorda con la mia tacita opinione.

"Gli conviene stare alla larga da lei, cazzo. Se dovesse fare qualcosa che mette in pericolo Sierra o la bambina, non mi limiterò a licenziarlo. Lo riempirò di botte e gli scaverò la tomba con le mie stesse mani."

"In tal caso dovrai battere Sierra sul tempo. È davvero tosta." Saint accenna un sorriso bianchissimo. "Forte come una roccia."

Il pensiero della nostra piccola ballerina fa scemare la mia rabbia, lasciando il posto all'orgoglio. "Sarà una madre fantastica."

"La migliore." C'è un attimo di silenzio, in cui meditiamo sulla nostra esile ballerina, sul suo pancino che sta iniziando a gonfiarsi. Non siamo stati noi a chiedere di dare rifugio a una donna incinta, ma adesso che è qui non potrei immaginare niente di diverso. Ogni volta che io le massaggio i piedi o che i gemelli corrono in città per andarle a comprare le patatine gusto sale e aceto quando le viene una voglia, o che Saint le serve una dose abbondante nel piatto, stiamo tutti pensando la stessa cosa. Nessuno lo ammetterebbe mai, ma tutti vorremmo che quella bambina fosse nostra.

Farei qualsiasi cosa per proteggere Sierra e la piccola vita preziosa che sta crescendo dentro di lei.

Do un colpo allo stipite della porta. "Vedrò cosa fare con Jagger," prometto.

"Bravo," dice Saint. "Prima che faccia qualche stupidaggineirreparabile."

SIERRA

"**È** tutto molto tranquillo ultimamente," mi dice Jagger, distogliendo gli occhi dalla strada per guardarmi brevemente. "Le serate non sono più le stesse senza di te."

Giocherellando con la cerniera del giaccone, gli lancio un sorriso. Le domeniche erano giornate di pura pigrizia. A quest'ora di solito finivo un pisolino di quelli memorabili in camera di Lincoln. Il suo era il mio letto preferito: enorme, con sopra coperte tipo plaid di varia misura. Quando ero fortunata (e in genere lo ero), anche lui veniva a letto e mi coccolava. Se esistesse una gara nel tenere qualcuno a cucchiaio, lui vincerebbe sempre il primo premio.

"Anche a me mancano le notti con te," mormoro. Non solo con Jagger, con tutti i ragazzi. Alla prossima visita dal medico gli chiederò se posso ricominciare a fare sesso. Niente di troppo acrobatico, ma ho una voglia pazza dei corpi dei miei uomini. "Grazie per esserti offerto di accompagnarmi in città." Quando mi sono svegliata, me lo sono trovato davanti alla porta che mi offriva un passaggio per andarmi a comprare dei vestiti nuovi. Tutto mi sta stretto ormai. Ero così abituata a nascondere il mio corpo sotto maglioni e felpe che è stato uno choc vedere come la pancia affiorava sotto le mie magliette smilze.

I ragazzi non hanno detto niente, ma alcuni giorni fa Lincoln mi ha dato la sua carta di credito dicendo che la prossima volta che Saint andava in città dovevo: "comprare qualcosa per te, qualsiasi cosa di cui puoi avere bisogno." Ho provato a rifiutare, ma me l'ha ficcata in tasca e mi ha assillata finché non ho imparato il suo pin a memoria. E venerdì Tommy mi ha abbracciata e mi ha fatto scivolare in mano qualche banconota da venti.

"Nessun problema." Jagger guida con una mano sola, tenendo un braccio fuori dal finestrino. E meno male: puzza di maria da svenire. Mi ha evitata dopo l'episodio del manifesto relativo alla mia scomparsa. Forse darmi questo passaggio è il suo modo per chiedere scusa.

"Sta andando bene?" Jagger mi lancia un'occhiata con l'aria preoccupata. Mi rendo conto che mi sto massaggiando la pancia e mi interrompo.

"Sì. Va tutto bene. La prossima visita dal medico è tra due settimane, ma sembra che tutto proceda bene."

"Ottimo, ottimo." Jagger muove la testa su e giù. "Se hai bisogno di qualcosa, soldi o altro, hai solo da dirlo."

Mi giro sul sedile per studiarlo. La sua espressione, di solito spensierata, adesso è seria. "Perché?" Lo so che la domanda è stupida, ma dopo aver passato tutta la vita a vedere mia madre delusa dagli uomini, faccio fatica a convincermi che i bravi ragazzi esistano.

"Sierra," sbuffa. "C'è bisogno di chiederlo? Noi ci teniamo a te."

Mi mordo il labbro, avrei voglia di fargli altre domande. Aspetto che svolti in autostrada prima di dire in tono leggero: "Buono a sapersi."

"Sai, quando ci hai detto che eri incinta, c'è stato un

momento in cui ho pensato che potesse essere mio," mi fa Jagger. Lo guardo stupita, ma lui è concentrato sulla strada.

"L'idea ti ha spaventato?"

"No," risponde rapido. "No. Be', un pochino. Ma il sentimento predominante non era panico. Era eccitazione."

Annuisco lentamente, rivoltando le sue parole, cercando di capirne il significato recondito.

"Dico sul serio." Mi guarda così a lungo, che vorrei gridargli di guardare la strada anziché me. "Non c'è uno solo dei ragazzi che non si sia chiesto come sarebbe se fosselui il padre."

"Forsenon Roy e Tommy," commento piano, e lui ride.

"Okay, forse loro no. Dovrò chiederglielo. Però sul serio, Sierra, siamo tutti felici che tu sia con noi."

"Anche se la mia fica tra un po' sarà tutta lacerata?" provo a fare una battuta, ma non riesco a sorridere.

Jagger alza gli occhi al cielo. "Capisco che tu non voglia la nostra carità. Ma non ti è mai passato per la testa che le nostre vite sono migliori da quando ci sei entrata tu? Non soltanto la tua fantastica fica. Tu."

Inclino la testa di lato. "Ma la mia fica *è* fantastica."

"Okay, okay." Scuote la testa come per dire, *Va bene, continua a scherzare. Io stavo cercando di essere sincero.*

Me ne sto zitta per un miglio prima di dire a bassa voce: "Lo so cosa mi vuoi dire, e lo apprezzo. Per me è difficile accettare aiuti economici dagli altri. E... preferisco non complicarmi la vita. Un figlio cambia tutto."

"Il cambiamento non è necessariamente negativo."

"No." Ci rifletto sopra. Cos'è cambiato in realtà? Lincoln continua a essere protettivo e Saint impalpabilmente dominante come prima. I gemelli e Jagger continuano a cercare di farmi uscire allo scoperto, farmi ridere e divertire. Persino Mason fa ancora finta di guardarmi con la faccia truce. Non ho più fatto sesso con nessuno di loro da quando ho dato la notizia, ma è stata una mia scelta. Potrei tornare nei loro letti quando voglio e mi accoglierebbero a braccia aperte. O forse no, magari si limiterebbero a coccolarmi e viziarmi.

Finora, tutti i cambiamenti sono stati positivi.

"So che potresti decidere di andartene," dice Jagger. "Ma è bellissimo averti con noi. Non come una bottarella sicura. Come... come donna. Come amica."

Mi schiarisco la gola. Maledetti ormoni, che mi fanno venire le lacrime agli occhi ogni tre per due. "Grazie, J. Significa molto per me."

Lui scrolla le spalle. Sporgendomi verso di lui, gli stampo un bacio sulla guancia, guadagnandomi una delle sue risatine ormai così familiari.

"Tra l'altro" - mi sistemo di nuovo sul mio sedile - "gli ormoni nel secondo trimestre di gravidanza dovrebbero fare faville."

Ridacchia. "Qualcosa da aspettare con ansia, allora."

Dopo aver riempito i sedili posteriori di borse della spesa, Jagger controlla il telefono. Aspetto mentre manda un messaggio a qualcuno. L'aria è più fresca di come ricordavo. È davvero tanto tempo che non mi avventuro fuori, devo uscire di più e fare esercizio. Potrei iniziare a fare passeggiate nei boschi con regolarità, se i ragazzi mi mostreranno qualche sentiero.

"Ehi, hai fame?" mi chiede Jagger, senza staccare gli occhi dal telefono. "Possiamo fermarci a mangiare prima di tornare indietro."

Alzo le spalle. "Volendo potrei mangiare. Ma stasera prepara cena Saint e vorrei avere abbastanza appetito da fargli onore."

"D'accordo. Allora un'ultima commissione e poi ci fermiamo a far benzina e comprare qualche snackprima di rientrare."

Quando riprendiamo la strada, una moto passa

rombando e io mi rimpicciolisco istintivamente sul sedile. Il ricordo della morte di Jack sembra ormai lontanissimo.

"Devo stare attento a queste buche. Se ne prendo una nel modo sbagliato potresti partorire direttamente in macchina."

Il fuoristrada si ferma e io raddrizzo la schiena, riconoscendo l'hotel dove mi sono scopata Lincoln.

"Stai tranquilla, Sierra. È questione di un attimo." Jagger mi fa l'occhiolino e si allontana a grandi passi. Saint mi ha accennato all'uso di droga di Jagger. Mi chiedo se il biondo abbia un gancio in città. L'ultima volta che io ho fatto uso di qualcosa è stato con gli Hell Riders.

Mi affloscio sul sedile e lascio che gli occhi si chiudano. Un ricordo riaffiora, la mia voce tirata e biascicata.

"Cosa voleva Dex?"

Jack giocherella un momento con la sua bottiglia di birra, prima di posarla. "Niente, piccola. Solo questioniche riguardano il club." Mi prende la mano e mi tira a sé. Mi piazzo rigida sulle sue ginocchia, rifiutandomi di rilassarmi mentre mi accarezza il seno.

"Ne sei sicuro?" Lancio uno sguardo alla porta. Mi sono assicurata che Dex se ne fosse andato prima di entrare, ma siamo a casa sua, potrebbe tornare da un momento all'altro. "È il presidente del club. Mi fa un po' paura."

"Naa, è un tipo giusto. Dai, S'erra," dice mentre gli sale un singhiozzo. "Ho della roba da provare. Dex dice che possiamo usare la sua stanza sul retro."

Mi lascio condurre in fondo al corridoio. Le pareti sono rivestite da una pannellatura in legno vecchio stile, un tempo sicuramente bella, ora tutta sporca. Il posto è in ogni caso migliore di qualunque altro dove abbia abitato io.

Jack mi trascina in una camera buia e sopra a un letto. C'è puzza di fumo stantio, ma il piumone è morbido e caldo. Mi accoccoloaccanto al mio ragazzo pronta a farmi scopare. Un minuto dopo mi dà un assaggio della roba che trattano i Riders e poi ci facciamo una scopata galattica mentre siamo fatti. Mi addormento contro di lui finché non mi prende la nausea. Vado in bagno barcollando, mi aggrappo al lavandino e rimango lì, standomene zitta quando si sentono passi di stivali pesanti salire le scale. C'è un borbottio di voci maschili e poi...

Un colpo di pistola mi risveglia di colpo. Mi alzo sul sedile di scatto, sbattendo le palpebre, con la bocca secca, il cuore che mi martella forte in petto. Ci vuole un attimo prima di rendermi conto che non è un colpo di pistola ma la marmitta scoppiettante di una moto. Il rombo aumenta e io abbasso la testa, quasi piantandola nel cruscotto. La motocicletta passa ruggendo e io aspetto, conto fino a dieci, poi venti, poi cento. Jagger dovrebbe essere di ritorno ormai.

Cosa sarà successo?

Scendo dal fuoristrada, in quale stanza sarà entrato?

"Jagger?" lo chiamo. "Dove sei?"

"Qui." Seguo la sua voce fino alla stanza sessantuno. La porta è socchiusa. La spingo per aprirla e rimango impietrita.

"Ciao, Sierra," mi fa Dex.

SIERRA

*D*ex è un gran bel figlio di buona donna con un groviglio di capelli scuri, zigomi pronunciati e inquietanti occhi azzurri. Le cicatrici che ha in viso e il colore abbronzato della pelle, arsa da una vita passata in moto sotto al sole, contribuiscono a dargli un'indubbia, forte personalità.

Lo definirei fico, bello persino, se non sapessi quale perfida serpe si nasconda nel suo petto.

Falla entrare, Jack. È ora di condividere. Ricordo la sua voce graffiante, l'odore di sudore, di maria e di alcol che ammorbava l'aria. E Jack che balbettando faceva finta di niente, mentre io mi nascondevo nell'ombra desiderando di essere con chiunque e in qualunque posto che non fosse la casa che apparteneva a Dex e agliHell Riders. Era quello il problema nel dire di no al capo del club. Ogni suo desiderio era legge.

E lo è tuttora.

"Sempre carina," dice piegando la testa. "Ti sei arrotondata dall'ultima volta che ti ho vista. Ma sei sempre la bella, piccola Sierra."

"Siamo qui per la ricompensa," dice la voce di Jagger,

fuori tempo e fuori luogo. Lo sento a malapena dal ronzio che ho nelle orecchie, lo sguardo gelido di Dex piantato nel mio.

"Oh, no J, cosa hai fatto?" sussurro. Sapevo che era un idiota patentato, ma non pensavo che arrivasse al punto di vendermi.

"Stai tranquilla," dice Jagger con un sorriso. "Tuo zio voleva solo essere sicuro che non fossi davvero scomparsa. Digli che stai bene, così ci prendiamo la ricompensa e…"

"Jagger." Cerco di mantenere ferma la voce. "È stato uno sbaglio. Vattene." Ormai è troppo tardi per me, ma forse posso ancora salvare lui.

"Credevo che volessi vedere i tuoi amici," mi fa Jagger. Lo guardo scuotendo la testa, con l'aria afflitta. Sciocco, superficiale Jagger, proprio come tanti degli uomini di cui mia madre e io ci siamo fidate.

Ho il cuore spezzato. È l'ultima volta che vedo qualcuno. Dex mi porterà sul retro e mi farà tutto quello che vuole. Può darsi che sopravviva, ma può anche darsi di no.

"Non è come pensi tu. Devi andartene, Jagger. Per favore," lo imploro, sentendomi crollare. A Dex piacciono le donne che implorano. Può darsi che si impietosisca.

Jagger sporge il mento e affronta Dex. "Hai portato la sua roba?"

"No, ma ho portato i soldi," risponde Dex con un tono neutro di cui non mi fido affatto. Prende un borsone sul letto e lo lancia verso Jagger.

Jagger lo prende. "Hai visto," si rivolge a me con uno stupido sorriso da idiota. "Questo ti aiuterà a…"

Lo sparo lo colpisce a metà della frase. Jagger tartaglia, gli occhi sbarrati, e cade piegandosi lentamente.

Io faccio un urlo e mi butto in ginocchio accanto a lui. "Jagger? Jagger?" ripeto il suo nome dandogli dei buffetti in faccia, tirandogli indietro le ciocche biondastre per vedere se è ancora con me. Il sangue si sparge sul pavimento. Ci sono inginocchiata in mezzo, cercando di fermare il flusso. Nel petto di Jagger il respiro è rantolante, dalla bocca allentata escono bolle di saliva rossa. Lo guardo vedendo la luce scomparire lentamente dai suoi occhi, mentre piango con gli occhi sbarrati. È Jack che sta di nuovo morendo tra le mie braccia.

"Sierra," dice Dex da lontano.

Chiudo gli occhi, con le lacrime che mi corrono letteralmente giù dagli occhi.

"Sierra. Alzati."

"Perché dovrei?" dico con voce roca, con le mani insanguinate sul ventre come a voler proteggere mia figlia. "Tanto mi ammazzerai lo stesso."

"Non è detto." Dex è seduto con la pistola appoggiata sul ginocchio, indifferente, completamente a suo agio, come se non fosse successo niente. Può ammazzare un uomo e ordinare una pizza nello stesso istante. Per uno come lui la malvagità è la norma.

"Non era dei più intelligenti," mormora Dex, schernendo l'uomo a cui ha appena sparato. "Sierra, sii gentile, riportami la borsa." Mi fa segno di avvicinarmi, per nulla preoccupato che qualcuno possa chiamare la polizia. I Riders hanno il controllo di questa città, e ciò lo pone al di sopra della legge. Trattenendo il respiro, afferro la borsa e gliela riporto. Sono la sua puttana adesso. Finché non deciderà di farmi un bel buco in petto come ha appena fatto con Jagger, cosa che potrebbe succedere in qualsiasi momento.

Spero solo di riuscire a salvare mia figlia.

"Non la passerai liscia per questo," gli dico, tanto sono già una persona morta, perciò…

"Passarla liscia per cosa?" chiede, come se sul pavimento non ci fosse un uomo che sanguina. "Questo? Sì che posso ed è quello che avverrà, mia cara. Lo sai che ti ho cercata ovunque?"

Scuoto la testa.

"Sì, perché eravamo preoccupati, molto preoccupati, quando abbiamo scoperto che Jack era stato ucciso."

"Non so cosa sia successo," dico in fretta, per difendermi. "Ho sentito uno sparo, e l'ho trovato morto."

"Shhhh, lo so. Lo so."

"Hai detto a tutti che l'ho ammazzato io." Mi mordo l'interno della guancia per evitare di urlare, *L'ho fatto davvero? Cosa è successo?*

"Non ti ricordi niente di quella sera?"

Scuoto la testa. "Ricordo che ero fuori. Poi che sono entrata." *Dopo che te ne sei andato,* aggiungo in silenzio. "Abbiamo ancora bevuto e abbiamo preso… qualcosa. A un certo punto mi sono svegliata e ho vomitato in bagno. Poi però…"

Rumore di stivali nel corridoio. Una voce pacata. Lo sparo.

"Ah, così non ti ricordi." Dex fa una mezza risatina. "Be', mi sembra un bel colpo di scena."

"L'ho trovato morto," dico tremante. "Ho sentito lo sparo ma non ero nella stanza. Non so cosa sia successo. Eravamo a casa tua, e Jack era devoto al club."

"Ne sei sicura? O non ci aveva forse traditi?" Dex alza un sopracciglio. "Suppongo che non lo sapremo mai."

La verità di colpo mi è così chiara che quasi perdo l'equilibrio. "Sei stato tu ad ammazzarlo."

"Be', perché avrei dovuto?"

"Volevi che mi condividesse con te," sussurro, provando la stessa vergogna di quella sera lontana. Al solo guardare Dex, mi viene voglia di fare la doccia e strofinare forte la pelle per pulirmi dentro e fuori.

Dex fa oscillare la pistola. "Non ti piaceva l'idea del triangolo. Ma tu appartenevi a lui e qualunque proprietà di un Rider alla fine della fiera appartiene a me."

"Non è vero," sussurro. "Non gli appartenevo. Non appartenevo a nessuno."

"No? Ho sentito dire che su al campo dei boscaioli ti sei dedicata a intrattenimenti di qualunque tipo." Dex accenna col capo alla figura inerte di Jaggerche giace al suolo. "Me lo ha detto quello lì."

Chiudo gli occhi e scuoto la testa. "Che intenzioni hai riguardo a me?"

"Dipende da te, Sierra. Cosa pensi di fare? Ti comporterai da brava ragazza?"

Mi umetto le labbra. "Non ha nessuna importanza. Quelli del club sono convinti che io abbia ammazzato Jack. Glielo hai fatto credere tu."

Scrolla le spalle. "Le storie possono cambiare. Si può sempre trovare una nuova versione da fornire loro."

Scuoto di nuovo la testa, lentamente. "Non so perché ma volevi che lui morisse. E ti ha fatto comodo accusare me." Mi mordo le labbra, guardandolo giocherellare con la pistola. Cosa potrei dirgli per indurlo a risparmiarmi la vita? Come si fa a ragionare con uno psicopatico?

Blocco le ginocchia, costringendomi a rimanere salda. "Perché lo hai ammazzato, Dex?"

Gli occhi del presidente del club hanno un guizzo. "Ci stava vendendo. Era in contatto con la polizia, trattava con nemici del club. Stava cercando di uscire dai Riders." Mentre mi osserva le sue sopracciglia si inarcano. "Lo faceva forse per te?"

Le sue parole mi colpiscono profondamente e mi viene un leggero capogiro. Jack e io avevamo parlato di iniziare una nuova vita, di andarcene e ricominciare da zero. Non mi ero resa conto che lui ci stesse provando.

"Sì," mormora Dex. "Non te ne ha parlato, ma stava voltando pagina. Succede ogni tanto che uno dei miei uomini si innamori di qualche fichetta e le prometta mari e monti. Va sempre a finire allo stesso modo. Io lo vengo a sapere e" - ha un sorriso che raggela il sangue nelle vene - "lo rimando all'inferno."

"Assassino," faccio con il labiale. Non ho più il coraggio di gridare le mie accuse, neppure di pronuciarle. *Jack. Oh, Jack.*

"Adesso basta," fa Dex imperioso. "È ora di venire qui e convincermi a risparmiarti la vita."

Sono esitante, consapevole che non c'è nulla che potrei dire o fare per convincere quest'uomo malvagio a lasciarmi vivere. Implorarlo sarebbe tempo sprecato. Ma ogni attimo è prezioso, se ho la possibilità di ritardare la mia morte anche di una sola ora, vale la pena di provarci.

Prima che abbia il tempo di fare un solo passo, la porta si spalanca alle mie spalle ed esplode un colpo di pistola. Dex sussulta, con il braccio che tiene in mano la pistola che ha degli spasmi. Mi sfugge un grido mentre un solido braccio mi afferra in vita tirandomi indietro.

La mia visuale si riempie del volto di Mason.

"Andiamo," sbraita, trascinandomi fuori. Mi spinge, corriamo lungo il passaggio all'aperto davanti alle porte del motel, chiuse ermeticamente, sorde, mute e cieche di fronte ai fatti violenti che si sono svolti all'interno.

"Andiamo." Mason mi deve trascinare per fare gli ultimi metri, quando cado a terra, ansimando per riprendere fiato. "Sali sul furgone." Mi arrampico dalla parte del guidatore e vado a sedermi. Mason ha lasciato il motore acceso e preme sull'accelleratore ancor prima di aver chiuso la portiera. Resisto, stringendo i denti ansimante, con ogni mia cellula che lotta per non crollare mentre sfreccia con il furgone attraverso la città.

In lontananza, si sente il rombo di motori di moto. Un turbinio di motociclette che infuria sulla città. Da un momento all'altro, scopriranno che il loro presidente è morto e inizieranno a setacciare il paese per cercare l'oggetto della loro vendetta.

"Lo hai ammazzato," mi sento dire.

Mason non risponde. Serra le mascelle facendo un'inversione a U. Il furgone sfreccia via stridendo. Per un momento ho la sensazione di essere su due sole ruote. Le mie dita lasceranno dei segni irreversibili, tanto mi sto tenendo forte alla maniglia.

Quando arriviamo alle porte della città, è già completamente buio.

"Mason," deglutisco. "Jagger..."

"Lo so," dice. "L'ho visto."

Studio il suo profilo nella penombra, la linea definita della sua mascella che si staglia contro il buio. Non gli ho mai visto un'aria così feroce. Mi odia ancora? È colpa mia se un suo amico è morto. Probabilmente mi odia di nuovo, ammesso che abbia mai smesso di farlo.

Percorriamo miglio dopo miglio, contornati da nere foreste. *Dove mi stai portando?* Vorrei chiedergli, ma non so se mi risponderebbe, e non voglio farlo infuriare.

Inghiottisco e gli chiedo con voce esile, "Come facevi a sapere dove ci trovavamo?"

"Vi ho seguiti dal negozio. Sono venuto in città quando ho saputo che ti ci aveva portata. Quando Jagger all'improvviso ha ricevuto una telefonata ho capito che c'era qualcosa sotto. In passato spacciava, ho immaginato che avesse ripreso."

"È stato Dex a ucciderlo. Jagger gli ha chiesto la ricompensa. Dex gliel'ha data e poi gli ha sparato." Smetto di parlare e mi tappo la bocca. Non c'è motivo perché Mason mi creda. Anzi, dovrebbe ritenermi responsabile della morte di Jagger. Sono io la prima a ritenermi responsabile.

Rimango in silenzio mentre Mason guida come un pazzo lungo la strada buia. I pini incombono sempre di più sulla stretta pavimentazione stradale. Non ho mai visto una notte più buia, le ombre si stringono intorno a me fino a togliermi il respiro. Nemmeno la notte in cui è morto Jack era così buia. Quella notte e incisa nella mia memoria in immagini color seppia, illuminate dalle luci giallastre dei lampioni stradali e dal debole bagliore delle cigarette dei biker che aspettavano fuori casa e che volevano il mio sangue.

Questa notte è vuota e vasta come la natura selvaggia che ci circonda, e come il mistero di dove Mason mi sta portando. Non ho proprio idea di dove stiamo andando. Ho i crampi tanto mi tengo forte. Sono rannicchiata in un angolo del sedile con gli occhi persi a fissare il buio, mentre il furgone si addentra nel mezzo del nulla. Molte domande mi galleggiano in gola: le annego. Sono in bilico tra lo choc, il terrore e il senso di sollievo, ma mentre la strada percorsa si allunga, dal cuore mi sale la paura, bruciandomi la gola come un acido. Mason non ha ancora detto nulla di dove stiamo andando, ma dovremo pur fermarci prima o poi. Sul cruscotto, l'asticella della benzina scende sempre di più verso la riserva.

Mi viene da pensare che Mason possa aver trovato il modo per risolvere tutti i suoi problemi. Ha un furgone, e la banda di un uomo morto alle calcagna. Io sono la sola testimone di tutto. Potrebbe facilmente liberarsi di ogni prova. Ha con sé una pistola, ma non ha nemmeno bisogno di usarla per uccidermi. Gli basta mollarmi in mezzo a queste terre selvagge e lasciarmi lì a morire.

Ho la bocca troppo secca per mettermi a urlare quando Mason rallenta e, accostando la vettura al bordo stradale roccioso, frena fermandosi di colpo. Sono sul sedile pietrificata, mentre lui scende e viene ad aprirmi la portiera. "Scendi."

Paralizzata, stacco le dita dalla maniglia di appiglio e dal bordo del sedile. È costretto ad aiutarmi a scendere e nonostante ciò sono ancora barcollante, con i crampi alle gambe.

"Andiamo," mi ordina imperioso, obbligandomi a camminare in mezzo alla foresta.

Ci siamo, sono spacciata. Mi dico che dovrei correre, ma non ce la faccio. Siamo nel cuore della foresta adesso, solleviamo fogliame bagnato a ogni passo. Mason mi guida seguendo qualche sua bussola invisibile, ci addentriamo tra la fitta boscaglia di questa terra selvaggia con i rami che ci graffiano braccia e gambe. Risaliamo una collina e poi scendiamo giù da un burrone, seguendo il corso di un ruscello. Cerco di tenere il passo meglio che posso, chiedendomi se c'è un modo per scappare. Mason mi tiene saldamente.

Alla fine, ci arrampichiamo su per un'altura. Ho un sussulto quando mi accorgo che sulla cima c'è un piccolo edificio.

"Non manca molto," mormora Mason. Sento di nuovo la bile rodermi le viscere, il respiro è sincopato e irregolare.

I miei piedi diventano come cemento mentre ci avviciniamo alla capanna, piccola e buia. Sembra l'abitazione ideale per un serial killer. Casa dolce casa.

Mason è costretto a trascinarmi per fare gli ultimi, pochi metri.

"No," cerco di oppormi e gli infilo le unghie nella carne ma è tutto inutile. È troppo forte. Mi spinge attraverso la porta e cerca a tastoni qualcosa sul muro. U attimo dopo, una fiamma si accende, illuminando i tratti squadrati del suo viso. Tiene in mano una lanterna. Piegata in due, riprendo fiato mentre lui con l'accendino prova a far prendere fuoco allo stoppino imbevuto di kerosene. Appende la vecchia lampada in alto e torna indietro piazzandosi davanti a me. La luce flebile raddoppia la sua ombra. Fanculo, è tra me e la porta.

Mi lancio su di lui con un grido rauco ma Mason mi

afferra le braccia, fermandomi con facilità. Mi guarda così infuriato che sussulto come se stesse per colpirmi.

"Sierra, ma che cazzo fai?"

"Mi ucciderai?" Ho la voce strozzata.

Nel suo viso c'è rabbia e incredulità. "Ma sei impazzita? Credi che ti abbia salvata da quel pazzoide di motociclista per portarti qui e ammazzarti?"

Non rispondo, cercando di liberare il polso. Lui mi blocca entrambi i polsi e mi fulmina con lo sguardo, finché non cedo e smetto di lottare.

"Non sono il mostro che credi."

"La mia impressione era un'altra," rispondo secca. Devo essere fuori di testa.

Mason si limita a fissarmi, gli occhi scuri impenetrabili, la bocca irrigidita.

"Fallo e basta," sibilo.

"Sierra." Scuote la testa, agitando i folti capelli scuri. "Non ho nessuna intenzione di ucciderti."

Crollo mio malgrado, un burattino a cui hanno tagliato i fili. "No?"

"No. Non è certo per questo che sono arrivato là dentro e ho fatto fuori un uomo. L'ho fatto per salvarti. Per portarti via di lì."

Mi viene da piangere. Dal sollievo mi sembra che le mie ossa si siano liquefatte. Mi appoggio alla struttura solida di Mason mentre tutto il mio corpo si trasforma in una fontana di lacrime. "Quindi tu… non mi odi?" chiedo piagnucolando.

"No," risponde con cautela. Le sue dita mi toccano il viso, asciugandomi esitanti qualche lacrima. "Sono… sono gli ormoni?"

"Non lo so." Piango ancora più forte.

"Merda," dice stringendomi tra le braccia. Non è grosso come Lincoln o Saint, nemmeno come i gemelli, ma c'è molta forza nel suo corpo asciutto. "Non voglio che ti succeda niente di male. Non voglio che tu muoia."

Mi sforzo di frenare i singhiozzi e di riprendere il controllo. La camicia di Mason è bagnata nel punto in cui ho affondato il viso. "Quelli del club ti verranno a cercare. Dex era il presidente. Non si rassegneranno all'idea che un estraneo che ha ucciso il loro capo possa farla franca, anche se è stato per legittima difesa."

Il volto di Mason è in ombra. "Lo so."

"Okay". Mi asciugo gli occhi. "E quindi?"

SIERRA

Ho il respiro affannato mentre seguo Mason su per la collina. Mi aiuta a superare un tronco caduto coperto di muschio, e mi solleva quando i miei stivali affondano in un tratto fangoso vicino a un boschetto di felci. Abbiamo fatto molta strada dalla baita al punto dove ci troviamo adesso, e la sensazione è che fosse tutta in salita. I miei muscoli stanno protestando.

Non devo dimenticarmi che era proprio questo che avevo in mente: passare più tempo facendo esercizio all'aperto.

"Va tutto bene?" chiede Mason quando mi fermo per il troppo fiatone. Deglutendo, annuisco.

Mi prende la mano e mi fa passare attorno a un albero abbattuto. "Siamo quasi arrivati."

Il primo indizio che segnala il raggiungimento della nostra destinazione, è qualcosa di giallo-arancio che si scorge tra gli alberi. Continuando a procedere, compaiono alla nostra vista grandi macchinari, collocati alla fine di tracce lasciate di fresco sul fango nerastro. Il primo ragazzo che vediamo è Oren, con la capigliatura rossa che ondeggia come una bandiera mentre si arrampica su dalla salita dove ci troviamo noi.

"Ehila," ci saluta, e mi stringe in un abbraccio. Sono infreddolita, ho tutte le membra congelate dalla notte trascorsa a dormire nella capanna raggomitolata tra le braccia di Mason. Ci siamo svegliati entrambi prima dell'alba e ci siamo messi in cammino per arrivare qui.

Subito dopo arrivano Lincoln e Saint. L'omone nero passa a Mason una borsa. "Abiti di ricambio, cibo, altro kerosene," dice.

Mason annuisce e controlla.

"Come avete fatto a capire cos'era successo?" chiedo, con i denti che mi battono dall'adrenalina. Lincoln si toglie il giaccone e me lo avvolge addosso.

"Ho sentito che ne parlavano alla radio della polizia. Una sparatoria in un hotel. Due uomini uccisi. Una pistola ritrovata sul posto. Dell'altra… nessuna traccia. L'assassino era fuggito. Attribuivano il fatto a un club, gli Hell Riders. Dei testimoni hanno detto di aver visto un uomo che somigliava a Mason e una ragazza che somigliava a te sulla scena del crimine."

"Eravamo noi," dice Mason. "Il presidente del club ha sparato a Jagger, e avrebbe fatto la stessa cosa conSierra. Non gliene ho dato il tempo. Gli ho sparato e siamo subito corsi via."

"Già, me l'ero immaginato." Saint ci riserva una delle sue occhiate impenetrabili. "È ora di mettersi in azione. Voi è meglio che torniate nell'ombra. Lì dentro avete tutto quello che vi serve per un paio di giorni." Indica il borsone che ha portato.

'Pensate di fuggire?" chiede Lincoln.

"Non ce n'è il tempo," risponde Saint prima che possa farlo Mason. "Meglio che rimangano in un nascondiglio sicuro."

"E voi, ragazzi?" chiedo.

Mason e Lincoln si scambiano un'occhiata, comunicando senza parole.

È Saint a rispondere, incrociando le braccia sul petto. "I Riders vogliono la guerra e l'avranno. Ci stiamo preparando."

Mi mordo le labbra. "Dovreste andare da loro. Dire che sono fuggita. Non capite? Siete tutti in pericolo."

"Shhh, ragazza," dice Saint con la sua voce profonda.

"Stai tranquilla, Sierra," comincia a dire Lincoln.

"No, non sto affatto tranquilla! Verranno a cercarvi, tutti quelli del club. E non si daranno per vinti finché non mi prenderanno."

"Non ti prenderanno. Dovranno vedersela con noi." Lincoln mi viene vicino e mi alza il mento perché lo guardi negli occhi. "Ti proteggeremo. Te l'ho detto fin dall'inizio."

Scuoto la testa. "No, non voglio. Non voglio che corriate dei pericoli." Lancio un'occhiata implorante a Oren. "Per favore, non fatelo."

"Dobbiamo farlo," inizia a dire Lincoln.

"Non è vero. Potete lasciarmi andar via."

Mason ringhia sentendomi dire questo. Abbasso gli occhi sulle foglie ai miei piedi.

"Questo è da escludere," mi dice Lincoln con voce gentile. "Anche se fossi obbligata a fuggire, verremmo con te. Non ti lasceremo sola."

"Ma perché?" sbotto.

Lincoln mi fa voltare verso il resto dei ragazzi, tenendomi con una mano mentre fa scivolare l'altra sul mio ventre. "Resteremo uniti. Come fa una vera famiglia."

Rimango a bocca aperta. Oren mi fa un sorrisetto e le labbra di Saint si curvano leggermente. Anche Mason sta annuendo.

"Ha ragione, Sierra." Mason fa un passo verso di me e mi

aggiusta il colletto. Dopodiché mi carezza uno zigomo con un dito aggiungendo: "Sei una di noi."

* * *

PRIMA DI PARTIRE i ragazzi mi baciano, aggiustandomi bene il cappuccio sopra i capelli, e mi mandano via con Mason che mi stringe un braccio attorno alle spalle. Dobbiamo tornare alla capanna, sistemarci e aspettare.

Alla fine, non dobbiamo poi aspettare troppo. Dopo una sola settimana dalla morte di Dex e Jagger, Elon e Oren arrivano rombando su dei quad. Mentre torniamo al campo ho il cuore in gola. Appena svoltiamo nel cortile e vedo i ragazzi radunati attorno a un grande falò e una pila di moto, mi raddrizzo sulla punta del sedile. Elon frena e io salto praticamente tra le braccia di Lincoln.

"È tutto sistemato." Gli occhi di Lincoln sono ombrosi, stanchi. Ha gli abiti sporchi e la barba arruffata. Ma è vivo. E lo sono anche tutti gli altri.

Ignoro il groviglio di asce accanto al fuoco. Se guardassi da vicino, vedrei che le loro lame affilate sono sporche di sangue.

Più tardi, mi racconteranno come sono andate le cose. Di come Saint abbia pianificato tutta l'operazione e Lincoln l'abbia diretta. Di come abbianotrascinato grossi tronchi sulla strada e piazzato lunghi rami sulle buche più grandi per camuffarle, creando trappole e barriere. Mentre io e Mason aspettavamo, accovacciati stretti nella capanna, le moto erano arrivate ruggendo su dalla strada, ed erano state fermate dagli sbarramenti artificiali creati. Alcuni dei Riders erano arrivati con dei fuoristrada che avevano proseguito, per essere però poi fermati dai tronchi più grandi.

Il resto non me l'hanno raccontato in dettaglio, ma me lo sono immaginata. Hanno aspettato che i Riders si fermassero, e poi hanno sparato colpi di avvertimento dal cortile. Quando i Riders hanno tirato fuori le loro armi e hanno iniziato a sparare, i boscaioli hanno risposto al fuoco. Pallottole volavano tra gli alberi su entrambi i lati della strada, andando a colpire l'attrezzatura da taglio. Nessuno dei biker è riuscito ad avvicinarsi troppo ai ragazzi nascosti nel bosco. Uno di loro ha quasi raggiunto il cancello del cortile, ma poi è rimasto senza munizioni. E uno dei boscaioli lo stava aspettando con un'ascia.

I sopravvissuti sono fuggiti a piedi, lasciando cadaveri alle loro spalle. Elon è stato colpito da una pallottola, ma non ci sono state perdire sul fronte dei boscaioli.

Quando tutto è finito, non rimaneva altro che fare pulizia. I ragazzi hanno smontato le moto e hanno trainato via i fuoristrada per fare a pezzi e nascondere anche quelli. Alcune parti le hanno recuperate, altre le hanno distrutte facendo un rapido lavoro con i loro macchinari e le asce.

I corpi li hanno sepolti nel profondodel bosco.

Tengo la mano di Lincoln mentre mi racconta com'è andata. L'altra mano ce l'ho sul grembo, come a voler proteggere la mia bambina da una storia tanto truce. Sembra uscita dalla penna dei fratelli Grimm. Alla fine, quando tace, lo bacio.

"Sei fuori pericolo," dice e io gli carezzo la guancia, facendo passare le dita tra la sua barba nera e setosa.

"Grazie a voi."

Abbassa per un attimo la testa, poggiando la fronte sulla mia. "Adesso puoi stare qui."

"Sì." Inghiottisco, metabolizzando quella cruda realtà. Questi uomini hanno ucciso per me. Adesso siamo legati per sempre.

"Rimarrai qui," dice Lincoln. Non è esattamente una domanda.

Annuisco.

Forse sarebbe meglio andarsene. Trovare un'altra azienda, un altro campo da taglio. Ma rimarremo uniti. La mia casa è ovunque siano loro.

Appartengo a loro. E loro appartengono a me.

Quella sera, dopo cena, metto su una delle playlist di Jagger e ballo. *Lovestoned/I Think She Knows* di Justin Timberlake. *See You Again* di Wiz Khalifa e Charlie Puth. *Put Your Lights On* di Santana ed Everlast. Gli uomini mi guardano in silenzio mentre mi muovo sinuosa e mi giro, spogliandomi dei vestiti che ho addosso. E se piango anche un po', è per quelli che non ci sono più. Stasera ballo in loro memoria.

L'ultima nota si spegne. Prima che i ragazzi inizino ad alzarsi, vado da Lincoln. Si sposta con la sedia da sotto il tavolo per prendermi sulle ginocchia e io mi chino verso di lui, respirando il suo profumo selvaggio di terra e di cielo. Gli scosto i capelli folti dalla fronte e abbasso il capo per dargli un lieve bacio. Le mie dita scendono al bottone della cintura dei suoi jeans. Emette un piccolo gemito, ma si appoggia allo schienale per lasciarmi aprire la patta dei pantaloni. Gli metto le braccia attorno al collo e mi siedo su di lui a cavalcioni.

Sei sicura? Stanno chiedendo muti gli occhi di Lincoln.

Sì, spingo il bacino avanti e indietro, strofinandomi su di lui prima di spostare le mutandine di lato e infilarmelo dentro. *Sì, ne sono sicura.* Non c'è nulla di cui sia mai stata più sicura.

Lo scopo lentamente, tenendo i denti stretti, con un basso mormorio in gola e la stupenda sensazione di essere riempita da lui.

"È passato un bel po' di tempo," dice Lincoln ansimando.

"Già." Infilo il naso sul suo collo. Ci dondoliamo e veniamo presi dai fremiti contemporaneamente. Stringo i muscoli attorno a lui e il capo di Lincoln cade all'indietro, mentre la parte inferiore del suo corpo sussulta riempiendomi. "Grazie," bisbiglio dandogli un bacio.

"Sempre a disposizione," borbotta lui con una risata.

Attorno al tavolo, i ragazzi hanno tirato fuori il cazzo.

"Sul tavolo," mormoro, e Lincoln si alza sollevandomi e mettendomici sopra. Allungo il braccio verso Elon, che già si sta facendo una pugnetta. Lo guardo masturbarsi, piena di ammirazione per gli avambracci lentigginosi, per i suoi muscoli lisci coperti da peli color ruggine. Non c'è bisogno di più di un grugnito per convincerlo a farselo succhiare. Mentre lo spompino, Oren si avvicina ai piedi del tavolo e mi afferra il bacino. I due mi penetrano affondando dentro e fuori da me, riempiendo la mia vista e i miei sensi finché inizio a fremere tra di loro. Vengono entrambi con un grido ed escono da me lasciandomi tremante, vicinissima all'orgasmo.

"Tocca a me adesso," ringhia Mason. Mi tira fino al bordo del tavolo e mi fa girare su me stessa. Piegata in due, afferro il bordo del tavolo impotente, mentre mi prende da dietro. I ragazzi attorno a noi mormorano nervosamente. *Più veloce, più forte*, ansimo senza far rumore mentre dietro alle palpebre si accendono lampi di luce vivida. Il mio orgasmo esplode, salendo come un'onda dal mio ventre alla testa, facendo contrarre le dita dei mieipiedi. Affondo giù e Mason mi afferra i capelli, facendomi inarcare all'indietro mentre sferza la mia fica. Mi muovo sulla punta del suo cazzo, sussultando mentre scosse di piacere mi scuotono le membra. Mason mi afferra la vita con un braccio di acciaio per tenermi su mentre arriva all'orgasmo con un gemito. Mentre mi affloscio tra le sue braccia mi gira la testa di lato e affonda la bocca sul mio collo, succhiando, baciandomi, prendendosi il suo.

Quando mi lascia andare sto ancora tremando. Saint è lì, mi tocca delicatamente e mi offre un bicchiere d'acqua.

"Sei pronta, ragazza?" dice con la sua voce profonda, e io annuisco. Mi aiuta a risalire sul tavolo e mi fa sdraiare supina con la testa fuori dal bordo, che lui mi sorregge tra le mani. Con lentezza, me lo infila tra le labbra. I ragazzi attorno a noi bisbigliano ammirati mentre ingoio il mostro di Saint come se fossi stata addestrata. "Cazzo," esclama qualcuno. Forse Tommy, o Roy. Sono insieme in un angolo, si scambiano baci furtivi mentre io dono il mio corpo al resto della ciurma.

Saint scivola dentro e fuori, penetrando sempre più a ogni affondo. Un tocco tra le mie gambe mi fa sobbalzare.

"Piano, ragazza," fa Saint per calmarmi. Qualcuno è chino su di me e mi sta titillando il citoride, portandomi rapidamente a un nuovo orgasmo. Saint si china su di me, prendendomi il seno destro, poi il sinistro.

Dopo mi sembra di essere immersa in un sogno, sospesa nel tempo, mentre i gemelli si avvicinano e mi puliscono con morbide salviette. Saint mi accarezza i capelli, mormorando: "Brava, ragazza." Mason mi copre con un plaid e Lincoln mi solleva tra le braccia e mi porta in camera sua, dove dormiremo insieme. Chudo gli occhi e mi abbandono, perché adesso non ho più il timore che mi mancherà qualcosa in futuro. Stasera non è la fine del mio tempo con i boscaioli.

È l'inizio.

SIERRA

"*N*on riesco a credere che sei già diventata madre."
Il ragazzo biondo sullo schermo del computer ride e scuote la testa.

"Sì, lo so," rispondo. "Nostra madre adesso sarebbe nonna. Riesci a immaginartela?"

"Non sarebbe per niente contenta di sentirsi chiamare così," dice l'altro ragazzo, sporgendosi davanti al viso del fratello per vedermi. "Si è sempre fatta chiamare Lynny da noi. Probabilmente obbligherebbe i nipotini a fare la stessa cosa."

Alzo gli occhi al cielo, ridacchiando insieme ai due ragazzi. Il collegamento Skype si interrompe per un attimo e passo alla barra della chat.

Sto perdendo il collegamento. Magari potremmo incontrarci per Natale. Così conoscerete la vostra nipotina.

Sarebbe fantastico. Il messaggio appare nella finestra della chat, anche se l'immagine dei due ragazzi si congela. Nel caso potessero ancora vedermi, li saluto con la mano prima di chiudere il collegamento.

"Quindi sono i tuoi fratelli?" chiede Oren. È seduto all'estremità del tavolo, sta lavorando a un nuovo progetto in legno. Il piede è appoggiato sulla sua ultima creazione, una bellissima culla ottenuta da un gigantesco pezzo di legno. Muove il piede distrattamente facendo dondolare la culla, anche se dentro non c'è nessuno.

"Fratellastri. Vivono giù nello stato di New York." Chiudo l'applicazione e spengo il computer.

Elon alza gli occhi dal suo lavoro a maglia. Ha un grosso gomitolo di lana di un tenue colore rosa. Non so cosa stia ancora facendo, mia figlia ha ormai tutto quello di cui ha bisogno. Le ha già già fatto un berretto, una copertina e un piccolissimo maglioncino. "Non li hai mai incontrati, vero?"

"No." Le cose cambieranno. Voglio che mia figlia conosca la sua famiglia. Mi alzo e vado verso la stanza di Saint. La porta è socchiusa, perciò busso.

"Entra." La sua voce profonda mi penetra fin nelle parti più segrete. Apro la porta e rimango con il computer appoggiato sul fianco. L'omone è seduto sul bordo del letto, gli stivali ben saldi sul pavimento, la copertina rosa di mia figlia che gli spunta da dietro le spalle. Una mano gigantesca copre il bustodella bambina, l'altra le strofina la schiena. Non c'è niente di più tenero di un bell'uomo, grande e grosso, che tiene in braccio un bambino. Alla vista le mie ovaie fanno un sospiro.

"È già sveglia?"

"No." Saint allunga il collo per guardarla meglio. Poso il computer e gli giro attorno per guardare il suo faccino pacifico. Non appena la guardo, dentro di me tutto si rilassa. Non riesco a credere che quella cosina così perfetta sia uscita da me. *Abbiamo fatto le cose per bene, Jack.*

Le labbra di mia figlia sporgono formando un piccolo cuore, quando è addormentata.

"Puoi metterla giù," gli propongo. "Non si sveglierà. E se dovessesvegliarsi le darò da mangiare."

"No, va bene così," dice Saint e fa un cenno al computer. "Ti è piaciuto il regalo?"

"Sì, ti ringrazio. Non so come hai fatto a trovarli. Operi davvero per vie misteriose."

Saint ridacchia. "Non è il solo regalo."

Quando alzo le sopracciglia con aria interrogativa, con la testa fa segno verso una scatola anonima sul letto, accanto a lui.

"E questo cos'è?" chiedo.

"Un altro regalo di compleanno. Lo proveremo stasera."

Scruto i suoi occhi scuri come la notte, mentre già mi sento fremere nel basso ventre. Ho scoperto che i giochetti sessuali più fantasticisono sempre racchiusi in confezioni anonime.

"Meglio che ti vada a riposare," mi fa Saint. "La tengo io la bambina. Tu fatti un pisolino, ti servirà per dopo."

Con un brivido di piacere e un sorriso esco dalla stanza in punta di piedi. Lincoln dovrebbe essere in camera sua.

Oggi era il mio compleanno, e i ragazzi hanno fatto di tutto. Oltre a tutte le cose per la bambina, Elon ha fatto per me una maglia in pendant, con la stessa lana. Oren mi ha regalato la statuetta di un'esile fatina che tiene in braccio un neonato fasciato in una coperta. Lincoln mi ha comprato un cappotto in piumino e un colbacco imbottito di pelliccia sintetica. Roy e Tommy hanno rimpinguato la mia collezione di brani musicali e il regalo di Mason è stato un nuovo sistema di altoparlanti. Saint mi ha preso dei libri e della cioccolata e ha organizzato il collegamento Skype con i miei fratellastri.

I ragazzi hanno preparato una torta millefoglie al cioccolato con una glassa così liscia che non si poteva infilarvi una candelina, così hanno creato una piramide di biscotti e la candelina l'hanno messa sopra a quella.

Sto già pensando a come esprimere loro la mia gratitudine. Ma ha ragione Saint. Prima mi devo riposare.

Quando arrivo in camera di Lincoln, lo trovo seduto chino sul letto, che si accarezza la barba mentre esamina un rapporto. Ha la camicia metà sbottonata. Quando busso piano, si gira verso di me e apre le braccia.

"Sei stata contenta di conoscere i tuoi fratelli?" chiede, mentre vado a rannicchiarmi contro di lui.

"Sì. Ho promesso che prima o poi andrò a trovarli."

"Buona idea."

"Non so proprio cosa potrò raccontare loro di noi. Di tutti noi."

Alza le spalle. "Qualcosa ti inventerai. Sono più preoccupato di cosa racconterai a Riley, quando sarà abbastanza grande da chiederti perché ha sette padri."

"Troverò qualcosa da dire," rispondo sbadigliando. Ho già una mezza idea di cosa raccontare a mia figlia, ispirata da alcuni dei libri che ho letto. Mentre Lincoln mi avvolge tra le braccia, la sua barba mi solletica la guancia. Mi raggomitolo sul suo petto e chiudo gli occhi, immaginandomi la favola che racconterò...

C'era una volta una fanciulla che si rifugiò nella foresta per sfuggire a un uomo malvagio. Percorse un lungo e arduo cammino, finché a un certo punto giunse a un campo di boscaioli, che vivevano nel fitto del bosco...

Fine

ALTRI ROMANZI DI LEE SAVINO

Romanzo Paranormale

La Saga dei Berserker. Questi valorosi guerrieri non si fermeranno di fronte a niente per rivendicare le loro compagne...Comincia con Venduta ai Berserker.

Alfa ribelli, con Renee Rose (cattivi ragazzi licantropi) – comincia con Tentazione Alfa.

Romanza Fantascienza

Compagno brutale con Tabitha Black
Rapita dagli alieni. Ceduta a una razza aliena. Messa all'asta. Ma, invece di essere venduta al miglior offerente, vengo salvata da uno dei Brutali.

La prigioniera aliena con Golden Angel
Il comandante esige obbedienza. Intende reclamarmi, addestrarmi e trasformarmi nel suo perfetto piccolo trofeo del piacere.

Romanzi Contemporanei

La bella e i boscaioli
Dopo quest'ultima stagione di taglio del bosco, chiuderò con il sesso.
Per... un certo numero di ragioni.

Il principe scapestrato
Non mi innamorerò del mio arrogante e irritante capo che si
proclama dio del sesso. No. Neanche per sogno.

Il Mio Daddy È Un Marine
Il mio fichissimo eroe dei marine vuole che lo chiami papà...

Contesa tra due "paparini"
Sono presa tra due fuochi: due "paparini" dominanti, amicissimi
tra loro, che però competono sempre su tutto.

La bambina del cowboy con Tristan Rivers
Non avrei mai pensato che mi sarei ritrovato con una ragazzina
selvaggia da domare in prima persona.

L'AUTORE

Lee Savino è una fra le migliori scrittrici di libri erotici 'smexy' al giorno d'oggi negli Stati Uniti. 'Smexy' nel senso di 'smart e sexy': storie sensuali ed argute. La puoi trovare nel gruppo Goddess in Facebook ed è possibile scaricare un suo libro gratuito su https://leesavino.com/italiano!

Ricevi un libro gratuito, **Allevata dai Berserker** (solo per i fan più sfegatati iscritti alla newsletter di Lee). **Clicca qui per cominciare**

f

COPYRIGHT DEL TESTO